COLLECTION FOLIO

Driss Chraïbi

L'inspecteur Ali

Denoël

Driss Chraïbi est né en 1926 à El-Jadida. Après des études secondaires à Casablanca, il fait des études de chimie en France où il s'installe en 1945. À l'âge de vingt-huit ans, il publie *Le passé simple*, qui fait l'effet d'une véritable bombe. Avec une rare violence, il projetait le roman maghrébin d'expression française vers des thèmes majeurs : poids de l'islam, condition féminine dans la société arabe, identité culturelle, conflit des civilisations. Enseignant, producteur à la radio, l'écrivain devient peu à peu un « classique ». Son œuvre, abondante et variée (romans historiques, policiers, etc.), est marquée par un humour féroce et une grande liberté de ton.

Driss Chraïbi est mort le 1er avril 2007.

AU REGRETTÉ
WILLIAM McCALLION

*Vos actes et vos paroles
survivront longtemps
à vos cendres.*

D.C.

Ils sont attendus

Chapitre premier.

L'invitation avait été lancée la veille de Noël. Ils arrivèrent en plein été. Sept mois de réflexion méningiteuse menée à hue et à dia dans toutes les directions imaginables. Les hypothèses les plus saugrenues furent soulevées, débattues, repensées, puis couchées noir sur blanc sous forme de lettres recommandées avec avis de réception. C'est ainsi que le facteur chanta mes louanges à travers la médina : je lui donnais souvent un pourboire. L'arbre cacha la forêt comme au bon vieux temps de Shakespeare, c'est-à-dire que le moindre détail acquit une importance démesurée au fil des semaines, devint de plus en plus filandreux, aussi dur à résoudre que ces équations algébriques à trois inconnues qui ont fait la gloire de la civilisation occidentale : comment ? quand ? pourquoi ? Exemple : y avait-il du thé au Maroc ? quel genre de thé ? en sachets ? *really ?*... Et l'eau ? Fallait-il apporter leur bouilloire électrique ? Quel voltage ? *indeed ?*... avec une prise de terre ?... Ma femme attrapa une rage de dents et, moi, une crise de fou rire qui dura une demi-heure d'horloge.

— Qu'est-ce qu'il y a, papa ? me demanda Yassin qui rentrait de l'école. Tu rigoles ou tu pleures ?

— Ce n'est rien, fiston. Des histoires de grand-père et de grand-mère.

— Je veux rire avec toi.

— Moi aussi, dit le petit Tarik.

— Demain. Allez prendre votre douche. J'ai mal au ventre.

Oui, oh oui ! ils rêvaient depuis si longtemps de visiter *Morocco, the Kingdom of one thousand kingdoms* (en anglais dans le texte, *c.f.* lettre n° 32, 2ᵉ feuillet, alinéa 4). Ils voulaient le dépaysement, l'exotisme, la communion avec le soleil. Tous les soirs, ils regardaient la météo à la *B.B.C.* La chaîne *I.T.V.* venait précisément de rediffuser *Lawrence d'Arabie*, ce qui leur avait donné un avant-goût du royaume chérifien, terre de romantisme et de primitivité comme chacun sait. Jock avait fait un jeu de mots : il se voyait très bien dans le rôle de « Lawrence du Maroc » (en français dans le texte : lettre n° 37, qui m'était adressée personnellement. Toute en majuscules. Dans le post-scriptum aussi long et sinueux qu'un boa, il m'invitait au golf. Il avait repéré un 18 trous du côté de Rabat. C'était écrit dans son guide touristique tout neuf. Non, il n'avait pas encore pris les billets d'avion, mais il se préparait incessam-

16

ment à faire les réservations. Pour cela, il lui fallait comparer les différents tarifs des différentes compagnies...)

Susan relisait avec plaisir son poète favori, celui de son adolescence : Robert Burns. A propos de Burns, est-ce qu'une boîte de petits cigares me ferait plaisir ? (lettre n° 44, six pages d'émotions anticipées). Jock avait commandé un costume pour la circonstance. Plus exactement, il attendait les soldes des coupons de tissus, dans un mois ou deux. Il en avait choisi un couleur de sable. Il l'avait fait mettre de côté. Avec un peu de chance, il serait le premier à l'acheter. Il se lèverait de bonne heure ce jour-là, avant l'ouverture du magasin — au coin de Princess Street, tu te souviens, Fiona, ma chérie ?... Son tailleur était un ami de longue date, il lui ferait un prix raisonnable. Réflexion faite, il renonçait au costume sur mesure. Chiffres à l'appui, toute une soirée durant, Susan lui avait démontré qu'un complet-veston chez Marks and Spencers coûterait moins cher, beaucoup moins, et qu'avec la différence il pourrait se payer des bottes, puisqu'il y tenait tant ! Et est-ce qu'un jour il lui viendrait à l'idée d'offrir des cadeaux en plastique à ses petits-enfants ? (Lettre n° 50, envoyée en exprès.)

Vint la saison des pluies, suivie presque aussitôt par celle des fleurs. Aux alentours de la ville, là où s'étendaient les champs à perte de vue, s'élevèrent soir et matin des chants d'allégresse sur fond de flûtes et de tambours.

L'eau du ciel était bénie, les récoltes s'annonçaient bonnes. Des quarante sources de l'Oum-er-Bia, là-haut au Moyen Atlas, aloses et saumons blancs descendirent le cours du fleuve en crue, s'en allèrent à leur aventure annuelle à travers l'Atlantique, probablement pour frayer avec leurs lointains cousins d'Écosse. Par légions, des ibis à huppe nidifiaient sur les palmiers-dattiers qui bordaient l'avenue. Les nuits étaient embaumées de fragrances de jasmin, de glycine, de basilic et de tubéreuse. C'était si agréable de boire un verre sur la terrasse du jardin — et, plus tard, de s'y endormir à même le sol, à l'écoute de l'Océan tout proche. Au-dessus de ma tête, l'étoilée était un abîme. Je n'avais pas envie de travailler, ni même de lire le journal. J'avais besoin de paix.

A la mi-avril, je pris la décision qui s'imposait. J'embrassai Fiona à pleines lèvres et je lui dis :

— Chérie, lâche le morceau. Donne-leur notre numéro de téléphone.

Une sorte d'arc-en-ciel illumina ses yeux, intense, très bref. Elle me regarda bien en face, longuement, sans ciller, avant de me demander dans un souffle :

— Tu sais à quoi tu t'engages ?

— Parfaitement. Je préfère que notre compte en banque soit à sec plutôt que de te voir dans l'indécision. Agis diplomatiquement comme tu sais si bien le faire. Dis-leur qu'on vient enfin de nous installer le téléphone. Comporte-toi en Britannique que tu es, c'est-à-dire avec pragmatisme et efficacité. Allez ! soulève ce vieux combiné. Il est électronique, made in the United Kingdom.

— Tu veux vraiment ?

— Oui. Et toi ?

Elle se brossa les cheveux, posa près du téléphone un cendrier, un verre d'eau, alluma une cigarette, en tira une bouffée et composa le numéro des créateurs de ses jours. Elle dit :

— *Hello ! Mum...*

Et se tut, bouche entrouverte, l'oreille tendue.

Adossée tel un tronc d'arbre contre l'un des murs du patio, l'antique horloge à poids égrena les secondes, les minutes. Il avait fallu quatre hommes dans la force de l'âge pour la décharger d'un camion 5 tonnes — et deux horlogers, dont un Suisse, pour la remettre en marche. Ses énormes rouages en bois d'arar entrèrent en mouvement et elle sonna le quart avec une voix de bronze. Je hasardai une petite question :

— C'est occupé ?

De l'index, Fiona me fit signe que non, désespérément. Son regard était acéré.

— Mauvaises nouvelles, alors ?

Elle dit :

— *Listen, mum !*

Elle cria :

— *Mum ! MUM !...* Va chercher un bout de papier et un stylo, un crayon, n'importe quoi pour écrire... Je vais te donner notre numéro

de téléphone... Oh! *please, mum!*...
PLEASE!...

Ai-je dit que notre poste téléphonique était d'un modèle perfectionné? Je faillis enfoncer le bouton du haut-parleur pour assister aux réjouissances, mais c'était trop risqué. J'allumai une cigarette, m'allongeai sur le divan, fermai les yeux et fis galoper mon imagination. Voyons voir : Jock avait-il fini par entendre les ordres que lui avait lancés Susan depuis le living-room, là-bas, à Edimbourg? *Hurry up, Jock! Hurry up!*... Mais oui, mais oui! Il était prêt, fin prêt. Juste le temps de lacer ses chaussures. Le voici qui descend l'escalier en s'appuyant pesamment à la rampe, de marche en marche. Il enfile les manches de sa veste, bifurque en direction de la cuisine... Non, Jock! non! Pas de tasse de thé! Après, *after!* Va tout de suite acheter un bloc-notes et un crayon, *hurry up!* Quel trousseau de clefs? Tu ne vas quand même pas prendre la voiture? Je te rappelle que le drugstore se trouve en face de la maison, il n'a pas changé de place. Quoi, le porte-monnaie? Mais tu l'as à la main, mets tes lunettes. Oui, tu peux prendre ton parapluie... Excuse-moi, Fiona, ma chérie, je te disais donc qu'oncle Mike était venu nous rendre visite et que... Un moment, s'il te plaît, ne quitte pas... Jock, ne va pas profiter de l'occasion pour t'acheter un pot de crème. Tu dois surveiller ta tension... Oui, ma chérie? Qu'est-ce que je disais?...

Jacassantes comme des jeunes filles en

20

fleur, des petites mouettes blanc et noir longeaient le pont par bandes compactes, traversaient le Forth. Leurs ailes fendaient l'air avec des résonances de vagues. La mer du Nord devait être belle en ce printemps, soulevée par le renouveau de la vie, avec des creux abyssins et des lames de dix mètres, gris tourterelle à l'aube, violettes au coucher du soleil. J'entendais mugir les cornes de brume. Et, là-bas, dans le comté de Fife, sur les plages de Saint Andrews, le sable fin voltigeait, sifflait, dansait. Le vent.

Une gifle métallique déchira ma somnolence : Fiona venait de raccrocher brutalement. Elle happa son sac à main et sortit en trombe, sans mot dire, sans même me regarder. Derrière elle, la grille du jardin claqua avec violence.

J'étais en train de contempler les dégâts — un bloc de rien du tout qui s'était détaché du mur et trônait sur le trottoir — quand la grosse voix de Saadiya tomba sur moi à la verticale :

— Et pourquoi tu as crié après ta jolie petite madame ? Elle doit être dans un état de chien à l'heure qu'il est. La merde soit sur les hommes qui ne traitent pas leurs femmes avec honneur ! C'est bien la peine d'être parti pendant si longtemps dans le pays des Nazaréens et des Zéropéens pour y apprendre les bonnes manières et les choses de la cervelle ! Bien la peine aussi d'avoir ramené avec toi une gazelle aux cheveux de maïs avec des yeux de mer ! Tu ne l'as pas achetée, dis-moi ?

— Tiens-moi cette pierre au niveau de ce trou, pendant que je gâche le plâtre.

— Douce comme une agnelle des Doukkala, la pauvre petite. Tout sourire tout le temps, la voix de miel à faire frémir mon cœur coriace. Et, en plus, elle t'a donné deux enfants magnifiques, intelligents, calmes, tels que tu n'aurais pas pu en avoir avec aucune autre femme.

— Pas même avec toi ? Tiens la pierre comme il faut. Dis à ta main de ne pas trembler.

— Non, monsieur, pas même avec moi. Tu veux rendre orphelins Yassin et Tarik ? Les hommes de chez nous qui ramènent au pays des épousées étrangères et naïves, eh bien ! ils ne sont pas contents tant qu'ils ne les ont pas transformées en domestiques de leurs mamans. Pareil pour nous autres, quoi ! Ah ! je suis bien contente d'avoir été répudiée avec mes six enfants !

Sa voix avait le frémissement sourd d'un tambour des montagnes. Ses seins tanguaient, pleins, opulents. Dans les deux mètres, bien en chair, hanches en amphore, croupe rebondie et haute, dos cambré, ventre plat, cheveux de jais, yeux noisette, trente-cinq d'âge. Elle avait un charme fou, dont elle n'avait nulle connaissance. D'ordinaire, elle était couleur de cannelle. Mais, à cet instant-là, le sang de la colère lui donnait un teint aubergine. Sous les effluves du parfum d'aloès dont elle usait généreusement, elle fleurait bon la sueur animale de la rage. Une rage douloureuse, très ancienne.

— Je préfère m'en aller de cette maison où l'on maltraite les gazelles. Oui, monsieur, oui ! Cherche une autre bonne. Qu'est-ce que tu as fait à la jolie madame ?

Très vite, je lissai le plâtre à l'aide d'une cuiller à soupe. Il durcissait à vue d'œil. Je dis :

— Moi ? Rien. Tu as prévu quelque chose pour le dîner ?

— Un coq. Mais alors, qu'est-ce qui a pu la rendre nerveuse à ce point ? Je ne l'ai jamais vue dans cet état.

— Le téléphone. Elle n'arrivait pas à joindre ses parents. Je veux dire : à placer un seul mot. Et ce coq, comment tu vas l'accommoder ?

— Ah ! c'était donc ça !

— Apparemment. Comment tu vas l'accommoder ?

— Coriandre, sauge, citrons confits, un soupçon de safran.

Joyeuse soudain, légère et vive, elle entra dans la maison, engoncée dans son caftan, la djellaba par-dessus, un voile noir au niveau de ses yeux. Dans l'immense couffin pendu derrière son dos, le repas du soir caquetait, se débattait parmi les carottes, les navets, les poivrons, les melons, une botte d'ail, un bouquet de menthe crispée — un beau gallinacé terre de Sienne avec des pennes vert émeraude. Mais il était bien calé entre une pastèque et un pain de sucre.

Quand elle ressortit, armée de deux seaux d'eau, d'un balai et d'un bidon de Javel, Saadiya ne portait plus qu'un chemisier et des culottes bouffantes. Pieds nus, elle lava le trottoir, frotta, « lavagea ». Je la regardais, je souriais : j'avais décidé de la mettre dans la confidence. Elle faisait partie de ma vraie famille : celle de l'esprit. J'attendais un mot de sa part, une entrée en matière afin de la préparer à l'événement. Elle dit :

— Monsieur ?

— Oui ?

— Si ta gazelle n'est pas arrivée à parler avec ses parents à cause de ce maudit téléphone et si elle s'est fâchée contre la porte d'entrée, c'est qu'elle les aime beaucoup, beaucoup, comme une bonne fille qu'elle est.

— Sûrement.

Elle se redressa, me baisa la main avant que j'aie pu la retirer. Les larmes aux yeux, elle dit :

— Dieu te garde, monsieur ! Envoie-la en vacances dans son pays, afin qu'elle puisse écouter ses os et son enfance et respirer les racines de sa patrie. Prends-lui un billet d'avion, elle irait plus vite qu'en bateau. Il y a longtemps que la pauvre orpheline n'a pas vu son père et sa mère.

— Ils viennent ici.

— Par le Seigneur Tout-Puissant ! Demain ?

— Non. La pâte n'a pas encore eu le temps de lever.

— Quand alors ?

— Cela dépend du téléphone. On peut tirer un âne avec une corde, mais non le pousser. Saadiya !

— Oui, monsieur ?

— Je vais te confier quelque chose. Mais, auparavant, tu vas me jurer de ne pas ameuter tout le quartier, avec ta voix de crieuse publique.

— Moi, ameuter le quartier ? Moi ?

— Oui, toi ! Allez, jure !

Sur le ton d'une litanie récitée à toute vitesse, elle invoqua le Prophète, les saints du Paradis, son père défunt que Dieu repose son âme ! ses aïeux et quelques personnalités du paganisme dont j'entendais le nom pour la première fois. Mais j'avais probablement perdu la tradition orale. Je ne vivais plus que par écrit. C'était mon métier.

— Approche, Saadiya. Plus près, encore plus près. Penche-toi un peu, s'il te plaît. De moi à toi, il manque vingt centimètres.

Je lui plaquai ma main sur la bouche, très fort, avant de murmurer le secret au creux de son oreille. Instantanément saillit sur son long cou une veine bleue, qui se mit à battre, spasmodique. Contre ma paume, je sentais littéralement monter la joie, par flots — et surtout, surtout, l'expression stridente avec laquelle elle avait envie de manifester cette joie. Pour elle, c'était une nécessité vitale,

25

ırrésistible. C'est pourquoi je maintins ferme la pression de ma main.

— Tu as juré, Saadiya. Tu ne voudrais pas être une de ces renégates, hein ?

Elle souffla par les naseaux, battit des cils. Ses yeux étaient désolés. Encore maintenant, je ne sais pas si c'est son regard à elle qui entra dans le mien — ou si ce fut l'inverse. Ce que je vis derrière ses pupilles valait plus que toute la littérature du monde. Très vite, j'ôtai ma main, me reculai. Décidément, j'avais choisi la voie royale : je n'écrivais que des ouvrages de fiction pure, sans lien aucun avec ce qu'on appelle l'identité culturelle.

— Dieu te garde, monsieur ! dit Saadiya. Si je te promettais de baisser la voix...

— Non. Pas question.

— Une seule fois, rien qu'une.

— Non. Et ne va pas te précipiter sur Fiona pour lui annoncer sa propre grossesse ! Attends qu'elle t'en parle.

Lourde, tête basse, elle ramassa les seaux, le balai, et rentra dans la maison. Je la suivis. Dix bonnes minutes durant, elle tourna, erra, dansa d'un pied sur l'autre, se vengea sur les casseroles, tira et retira la chasse d'eau. Et puis... et puis elle fonça dans la chambre des enfants, ferma les volets, enfouit sa tête sous les couvertures — et ce fut là, à l'abri du voisinage, qu'elle lança ses youyous séculaires qui la travaillaient depuis un bon quart d'heure. Elle n'en pouvait plus.

Chapitre 2.

Je n'avais pas entendu s'ouvrir la grille, ni se refermer. Peut-être un voisin insomniaque en avait-il lubrifié les gonds à l'huile d'olive, par mesure de précaution ? Je n'avais pas non plus perçu le bruit des pas. Fiona était là, debout devant moi, paisible et apaisée. Elle fredonnait une ballade écossaise, de cette voix de contralto voilé qui m'avait charmé dès le premier jour.

> *That fought and died for*
> *Your wee bit hill and glen...*

J'étais assis face à ma table de travail, je mettais la dernière main au Plan. Les seins de Fiona étaient au niveau de mes yeux. J'étais incapable de les ignorer. De jour en jour, ils prenaient du volume, de la densité, beaucoup plus rapidement que son ventre. Les contemplant, pourquoi a-t-il fallu que, juste à cet instant-là, surgît de ma vieille mémoire un sonnet d'Alphonse Allais ? Il y était question d'une femme enceinte qui s'admirait dans la glace et riait d'aise. Tel un jet de vapeur sous pression, fusa l'hilarité par les trous de mon nez.

— Y a-t-il quelque chose dans cette chanson des Corries qui te mette soudain en joie ?

— Non, pas du tout. Oh non ! C'est Alphonse Allais. « La mère rit de son arrondissement ! » Haha ! « La mairie... la mairie de son arrondissement ! » Haha ! C'est bête, hein ?

Et je redoublai de rire. Elle s'installa sur mes genoux, me tapota le dos. Elle dit :

— Tu as commencé un nouveau roman, à ce que je vois ?

Elle désignait le papier à dessin sur lequel j'avais jeté quelques notes en vrac : « Cumulus », « cuvette », « lit » et autres détails saugrenus. J'y avais ajouté quelques figures géométriques.

— Oh ! ça ? C'est le Plan, avec un P majuscule. Je t'en parlerai ce soir. Finalement, tu as envoyé un télégramme à tes parents pour leur donner par écrit notre numéro de téléphone ? C'est ça ?

Elle me mordilla l'oreille. Était-ce le saisissement, l'admiration ou la colère qui s'exprimait ainsi, à coups de dents ? Ou les trois à la fois, mélangés comme une ratatouille ? Je n'ai jamais été fort en psychologie.

— Y a-t-il un seul détail qui t'échappe ?

— Tout m'échappe, voyons ! A commencer

par les mots. Et je suis écrivain ! C'est grave, hein ?

— Comment as-tu deviné ?

— Je n'ai rien deviné du tout. C'est le héros de mes bouquins, l'inspecteur Ali. Il a téléphoné dans ma tête. Il m'a dit : « Élémentaire, mon cher Brahim. Fiona va droit au but. Puisqu'elle n'a pas pu placer un mot au téléphone, elle est allée télégraphier. C.Q.F.D. » Ah oui ! Il a ajouté que ta mère, qui se lève au cul du jour, va t'appeler demain matin vers six heures et demie, alors que les enfants...

Elle me coupa la parole, ce qui lui arrivait rarement. Quand elle agissait de la sorte, ce n'était pas par énervement ou incompréhension, non. Elle *révisait*. Elle aimait l'ouvrage bien faite, la synthèse, elle conduisait sa vie de main de maître. La mienne aussi. Allait-elle être prise en défaut pour une fois ? Qu'avait-elle donc oublié ? Elle me demanda à mi-voix :

— Comment peux-tu en être sûr ?

— Moi ? Je ne suis sûr de rien. Pas même de ma peau. Interroge plutôt l'inspecteur Ali. Il m'a dit : « Elle aurait dû préciser dans le télégramme qu'il y a deux heures de décalage horaire entre l'Écosse et le Maroc. De sorte qu'il sera huit heures et demie là-bas et six heures trente ici. Et, comme Susan ne peut pas résister à la compulsion d'appeler sa fille unique dès l'aurore... » Il est terrible, cet inspecteur Ali.

Je soulevai un écouteur imaginaire. Allô,

oui ? Ah ! c'est vous, inspecteur ? Oui-oui... elle est là, je vous la passe. C'est pour toi, chérie...

Et je ne dis plus rien, tout occupé soudain à essayer de la calmer. Elle hoquetait de rire, toussait, jetait quelques onomatopées en anglais, en gaélique, comprimait son ventre à deux mains. « *My God ! O my God !* » Ce fut ce moment-là — et pas un autre — que choisit Saadiya pour s'encadrer dans l'embrasure de la porte. Une cruche d'eau en équilibre sur sa tête, elle se précipita vers Fiona, le visage convulsé.

— Tiens ! Bois, ma jolie. Et que la paix descende en toi !

Elle lui essuya les yeux, la souleva dans ses bras, la coucha sur le divan, plaça deux ou trois coussins sous ses jambes. Puis, tout en lui tapotant la main, elle posa la question immédiate :

— Il bouge, le petit ?

Chapitre 3.

Les enfants revinrent de l'école en taxi. Moha le chauffeur les raccompagna jusqu'en haut du perron. Crâne ras, pieds nus.

— Soirée de lumière! Faites de beaux rêves, pas de puces, pas de punaises. A demain matin huit heures, mes agneaux!

Il faisait le trajet deux fois par jour, aller-retour, pour un salaire de misère. Je lui avais bien proposé le double de ce que je lui donnais le premier de chaque mois. Il avait refusé. C'était lui qui avait fixé le prix, pas moi. Et n'étais-je pas intervenu en sa faveur auprès des autorités de la ville pour sa licence et autres babioles?

Il y avait une tétine dans la petite poche de ma chemise. Je la fourrai dans la bouche de Tarik. Il aimait se détendre un peu, avant d'entrer en activité. Quant à Yassin, il fit ce qu'il faisait régulièrement : *d'abord*, il entra dans mon bureau, examina tout, dans les moindres détails, du haut de son mètre cinq centimètres. Il vit le Plan que j'avais scotché

au mur et, aussitôt, un sourire inonda sa face
tel un lever de soleil.

— T'es pas encore à la retraite, papa.
Quand on prend sa retraite, on meurt plus tôt.
Viens, Tarik! conclut-il. Papa a commencé un
nouveau livre. Il ne faut pas le déranger.

Il l'entraîna vers la cuisine, d'où me parvin-
rent des exclamations de fin gourmet.

— Hmmm! ça sent bon là-dedans. Baisse-
toi un peu, Saadiya, que je te donne un bisou.
Hmmm! Je peux goûter? Juste du pain
trempé dans le jus.

— Moi aussi, dit Tarik.

Il n'avait pas lâché sa tétine, mais j'étais
habitué à son élocution bouche fermée.

Suivirent des cascades de rires et des cris
d'animaux. La plus déchaînée des trois,
c'était Saadiya. Hier, elle avait été un ours
menaçant, terrible, l'ours brun de l'Atlas qui
défendait sa caverne (le placard) rempli de
pots de miel contre le tigre (Yassin) et le loup
(Tarik). A entendre les blatèrements qu'elle
imitait à la perfection, elle devait être un
chameau à cette heure, tanguant, roulant,
rampant à quatre pattes de la cuisine à la
véranda à travers toute la longueur du patio.
Les enfants étaient sur son dos, ils s'accro-
chaient à sa luxuriante chevelure.

— Vous allez lui faire mal, disait Fiona.

— Mais non, jolie madame. Ils jouent. Ça
me rajeunit.

— Avance, dromadaire! Avance!

J'avais besoin de réfléchir. Le Plan devait

32

être exécuté avant qu'il y eût un changement de programme. C'est pourquoi j'élevai la voix :

— Vous avez votre maillot de bain ?

Ils ne le quittaient que pour dormir.

— Tu viens avec nous, chérie ?

— Je veux bien.

La plage était toute proche, cinquante mètres à peine. Nous y allâmes à croupetons, en faisant « Cot-Cot-Cot ! ». Des grains de blé parsemaient le trottoir et les poules adorent le blé. Parfois je poussais un « Oin ! » déchirant. J'étais censé être un canard qui avait la terreur de l'eau. Yassin s'évertuait à m'apprendre à nager. J'étais le petit à qui l'on donnait la main. Et lui, l'adulte âgé de six ans, chargé de sagesse et d'expérience. Tarik était son ombre. Quant à Fiona, elle marchait sur le trottoir opposé, la tête haute, comme si elle ne me connaissait ni d'Ève ni d'Adam. Respectabilité britannique oblige ! Et puis, a-t-on jamais vu un écrivain se dandiner dans la rue à quatre pattes, à la façon d'une volaille de basse-cour ? Cela m'évitait d'être reconnu par quelques passants et d'avoir à subir des interviews impromptues et des demandes d'autographes. « Pour mon compatriote... Pour ma compatriote aux yeux de braise... Avec l'amitié de l'auteur... » Oui, j'étais passé à la télévision, à plusieurs reprises. Le retour de l'enfant prodigue. Le succès international, avec des retombées au pays.

L'argent.

Ma première prestation télévisée avait été laborieuse, dans ses préambules tout au moins. Avant d'accéder au studio, il me fallait franchir la « zone de sécurité », soit une espèce de palier d'une dizaine de mètres carrés, que surveillait un policier en civil, cravate raide, moustache aussi mince que du fil à repriser Il s'était décollé de son tabouret rembourré, s'avançait à ma rencontre, la main tendue. Je la lui serrai chaleureusement.

— Papiers !

Je lui remis ma carte d'insulaire : je venais de l'île d'Yeu, Vendée. Elle comportait ma photo, un cachet rouge, quelque chose comme Régie départementale des passages d'eau. Et elle était verte, la couleur de la gendarmerie royale. L'homme à la moustache l'étudia longuement, un œil à moitié fermé, l'autre grand ouvert.

— C'est pas la même chose.

— Qu'est-ce qui n'est pas la même chose ?

— La tête, ça va. Le cachet officiel, ça va. Mais pas les habits.

Je ne portais en tout et pour tout ce jour-là qu'un slip et un tchamir, cette longue chemise en soie blanche qu'affectionnent les émirs du Golfe. Aux pieds, des babouches.

— Oui, dis-je. Pas les habits. Il fait quarante degrés à l'ombre, mon frère.

— Tu ne t'es pas rasé, hein ?

— Non.

— Pas coiffé non plus ?

— Apparemment. Et alors ?

Il renifla.

— Et alors, m'expliqua-t-il, les yeux dans les yeux, il y a le oui et il y a le non. Oui *et* non. Oui *ou* non. Comprends-tu ?

— Rien, répondis-je sincèrement. Tu es trop intelligent pour moi. Développe le fond de ta pensée. Sans détour et sans graisse.

— Volontiers. Oui, ça veut dire que j'ai reçu des ordres pour te laisser entrer dans le studio. Non, ça veut dire que ma conscience professionnelle refuse de laisser passer un émir du Koweït.

— En ai-je l'air ?

— Non. Pas avec cette carte verte. (Il prononça ces deux derniers mots en majuscules, avec vénération.) Tu dois être quelqu'un, dis donc !

Il alluma une cigarette, la fuma jusqu'au bout. Sans me quitter du regard. Ensuite de quoi, il me tendit un badge en plastique que je fourrai dans ma poche.

— Ah non ! s'écria-t-il. Je ne t'ai pas donné cet insigne de Sa Majesté pour que tu le mettes dans ta poche.

— J'en fais quoi, à ton avis ?

— Accroche-le à ton tchamir.

— Accroche-le toi-même. Essaie de l'y agrafer.

Il essaya. Une demi-douzaine de fois. Il en fit une affaire personnelle. Il souffla par les naseaux, serra les dents comme un intellectuel en train de fendre une bûche. La soie de ma chemise était si fine que le badge glissait et se retrouvait par terre.

— C'est un problème, conclut-il, la face couleur de foie.

— Oui.

— Qu'est-ce qu'on va faire?

— Je n'en sais rien. A toi de décider, mon frère.

— Je ne suis pas ton frère, hurla-t-il.

— Ah? Tu n'es pas marocain?

— Je suis un fonctionnaire du ministère de l'Intérieur et de la Télévision royale! Attends là. Bouge pas.

Il partit au pas de course et revint avec un bout de ficelle. Il souriait d'une oreille à l'autre. Ses gencives étaient craquelées.

— J'ai trouvé! me dit-il. (Il était content de lui, de moi, du monde entier.) Je vais attacher le badge, en un collier que tu passes autour de ton cou.

— Je ne suis pas ton frère, mais je ne suis pas un chien non plus.

Son sourire s'éteignit instantanément.

— C'est pas possible, dit-il. Tu dois porter ce badge d'une façon ou d'une autre, il n'y a pas à tortiller. C'est écrit dans le Règlement. Et d'abord, qu'est-ce que tu viens faire à la télévision nationale?

Je fis appel à la méthode qu'employait l'inspecteur Ali : l'absurde, l'énorme. La voix posée, je dis :

— Je suis venu réparer les caméras. Passe-moi une cigarette. Merci... Tu ne trouves pas que les couleurs sont un peu pâlottes et que le contenu des programmes est indigeste ? Question de matériel, il doit avoir de la fièvre ou des microbes. Le directeur général m'a appelé en consultation et j'ai pris le premier avion en partance. Je suis un spécialiste, un Docteur en Télévision, si tu préfères.

— Tu ne pouvais pas le dire plus tôt ? Entre, docteur, entre. Pas besoin de badge.

Je le quittai à regret. Flic ou pas, il faisait partie d'une espèce en voie de disparition, comme les âniers, les marchands de beignets, les écrivains, les Indiens, les Palestiniens, etc. Dans une ou deux générations, lui et ses confrères seraient complètement robotisés, comme en Amérique et dans d'autres pays hautement civilisés. Plus moyen alors de plaisanter avec l'un d'eux, ou simplement de bavarder à bâtons rompus.

Comme à chaque fois, la rade d'El-Jadida me sauta à la gorge, inonda mes yeux. De l'embouchure de l'Oum-er-Bia aux remparts ocre du château portugais, elle a une présence charnelle sur une distance de douze kilomètres, une voix bien à elle qui me parle du fond de ma lointaine enfance. Ce gamin sérieux, pas plus haut que trois pommes, qui plonge tout habillé dans l'Océan, était-ce moi ? Je me secouai, secouai mes pensées et entrai dans l'eau. Après quelques hésitations, Tarik confia sa tétine à Fiona. Yassin était déjà loin, au faîte des premières vagues.

A l'unisson, nous entonnâmes l'hymne de la Marche verte. Les paroles en étaient débiles, ma foi (j'y ajoutais à l'occasion des strophes de ma composition), mais la musique était entraînante en diable. Mains jointes, nous dansâmes une ronde dans les flots de la marée montante. Tarik y déversa les gros mots qu'il avait appris à l'école. Il s'arrangea également pour boire la tasse.

— J'ai pas bu la tasse, affirma-t-il fièrement.

Et il se prépara à tomber dans un trou. Je l'installai à califourchon sur mes reins et nous prîmes le large. Une voix de contralto brisé hélait quelqu'un depuis la plage. Yassin criait :

— Bravo, papa! Tu sais nager maintenant.

— Moi aussi, hurlait Tarik agrippé à mon cou.

— Qu'est-ce qu'on fait aujourd'hui, papa?

— Quoi?

Dans un petit recoin de ma mémoire, je plaçai une note : « Brahim, n'oublie pas de passer à la banque afin de vérifier l'état de ton compte. Urgent. » Et, à la même seconde, de toutes mes circonvolutions cérébrales vint à ma rencontre le titre de mon prochain roman : *Le Second Passé simple*. Quelque chose me souleva comme si j'étais une plume. L'enthousiasme. Ou le trac. J'avais terriblement envie de faire l'amour.

— La brasse ou le crawl? répétait Yassin.

— Quoi? Je ne t'entends pas.

— La BRASSE ou le CRAWL?

Je lançai à tue-tête :

— La torpille.

— Quoi?

— La TOR-PILLE! Jambes pliées, serrées, écartées. Et tu tournes, bras devant toi. Ils tournent aussi. Ça va plus vite.

— QUOI?

Je hurlai à pleins poumons :

— Passe derrière moi. Fais comme moi.

Précédé par un vrombissement d'enfer, un Zodiac de la gendarmerie nous boucha brusquement l'horizon. Debout, agitant le poing, dents découvertes tels des crocs de fauve, Hussein m'invectivait comme un bœuf dans l'arène :

— T'es pas louf, chien de ta mère? Hein, tête de chaudron? T'as pas vu le drapeau rouge, hein? Je vas t'apprendre le Règlement, moi! Il est écrit sur mon front. T'as perdu le ciboulot à noyer tes gosses, comme tu le fais? Et d'abord, ils sont à toi? Tu les aurais pas chourés à la pauvre chrétienne qui est en train de se tordre les bras, là-bas sur la plage?... Ah! pardon, docteur! Veuillez agréer l'expression de mes plus humbles excuses. Je ne vous avais pas remis du premier coup. Les mots ont glissé de ma bouche. Il est vrai que, même moi, on me prend pour un touriste quand je quitte mon uniforme. J'espère que vous ne m'en voulez pas, professeur? C'est un grand jour pour moi, et pour la brigade tout entière, croyez-moi. Je vous ramène, maître ?...

Ils s'endormirent en quelques secondes, comme à l'accoutumée. C'était leur nature. Ils avaient une régularité d'horloge astronomique. Coucher : sept heures ; lever : sept heures. Hiver comme été. Exceptionnellement, je ne leur avais pas raconté d'histoire ce soir-là, l'une de ces inénarrables enquêtes de l'inspecteur Ali que j'essayais d'abord sur eux, avant de les développer et de les dactylographier à bride abattue. Le Plan accaparait mes pensées. Outre les détails pratiques et les lieux d'usage commun (salle de bains, toilettes, cuisine, etc.), il me fallait résoudre le problème des problèmes : faire coexister pacifiquement les habitudes de mes enfants avec celles, ô combien différentes ! de leurs grands-parents. Et ce, au niveau le plus élémentaire.

Yassin poussa un profond soupir et changea le rythme de sa respiration. Tarik fit de même, presque instantanément. Ils entraient dans leur premier sommeil, côte à côte. Dès leur prime enfance, là-bas en Europe, jour après jour je les avais nourris d'un rêve éveillé — peut-être était-ce ma façon d'écrire la vie. Et, à présent, ils réalisaient ce rêve dans sa plénitude. Le Maroc les avait épanouis. Ils avaient à la fois grandi et rajeuni. J'étais heureux de leur bonheur, fier d'eux. De moi, non. Pas du tout.

— Voilà le téléphone, chérie. Sur la table de chevet, à portée de ton oreille. J'ai réglé la vis de la sonnerie sur la position 1, la plus ténue. Je ne veux pas que tu sursautes en pleine digestion, au milieu d'un rêve bucolique : loch, moutons, collines des Highlands couvertes de bruyère, alambics de whisky. Ah! ce qu'il était bon, ce coq aux olives cassées! Pour une fois, je vais dormir dans le séjour. J'aurais préféré m'allonger auprès de toi, tu le sais bien. As-tu remarqué que tu as changé d'odeur, surtout au niveau des aisselles? Après tout, je ne supporterais pas d'être interrompu en pleine érection : et si tes parents t'appelaient au milieu de la nuit, hein? A demain! *Bye!*

— *Bye!* disait Fiona le lendemain matin, l'écouteur à l'oreille. Sa voix était sereine, ses yeux cernés. *Bye!*

Elle se préparait à raccrocher, suspendait son geste à mi-parcours. Apparemment, tout n'avait pas été dit en long et en large. Un post-scriptum de dernière minute devait être ajouté coûte que coûte.

— *Yes, mum ?... Yes. I see... Bye ! Bye !...*
What ?

Les garçons venaient de partir, le taxi tournait le coin de la rue, klaxon bloqué. Par flots, me parvenaient des bribes de leur chant, sur l'air des lampions :

Notre âne, notre âne
Est malade, bien malade.
Le médecin lui a donné, lui a donné
Des médicaments pour son nez, pour son nez,
Et pour ses oreilles, pour ses oreilles,
Et pour sa queue, pour sa queue,
Pour son zeb, son zeb...

— *Bye !* répétait Fiona. *Bye ! Bye !...*
Elle me tendit le combiné.

— Raccroche pour moi, veux-tu ?

J'obéis sans barguigner, la pris dans mes bras. Elle était molle, moite.

— Et dire que je dois les rappeler dans la soirée ! J'ai promis.

— Je les aime autant que toi. Ce sont mes parents selon la loi : *my father-in-law, my mother-in-law.*

Elle frissonna.

— Heureusement que Saadiya ne comprend pas l'anglais, dit-elle dans un soupir.

— Je lui traduirai l'essentiel de ce coup de fil.

— Tu plaisantes ?

— Tout à fait. Va te sustenter. Les beignets vont refroidir.

Le soir venu, nous nous installâmes devant le téléphone, comme des millions de gens de par le monde devant leur poste de télévision. Et commença le spectacle. J'avais les nerfs solides, mais beaucoup moins que ceux de Fiona. Il me manquait son flegme britannique, cette capacité de commander à la rate de ne pas se dilater. A deux ou trois reprises, j'allai me soulager dans les toilettes — et soulager ma vessie par la même occasion. Oui, j'avais eu la permission de mettre le haut-parleur. Mes oreilles étaient dressées comme celles d'un chacal. Une idée me trottait par la tête depuis la veille : et si la prochaine enquête de l'inspecteur Ali se déroulait en Écosse ? De livre en livre, il avait résolu des énigmes aux quatre coins du globe. Mais il restait d'autres pays, dont l'Écosse. Je le voyais très bien dans un château hanté, avec sa djellaba, par un brouillard épais. Mon éditeur s'arrachait les cheveux, me bombardait de télégrammes. Priscille, l'agent littéraire, avait maigri de deux kilos cinq cent trente grammes. Jenkins, mon réalisateur à la B.B.C., me demandait froidement si je n'avais pas tué et enterré mon héros au Maroc. D'habitude, j'écrivais trois polars par an, sans mettre mes méninges à feu et à sang. En m'amusant. Sur épreuves, ils étaient aussitôt traduits en une vingtaine de langues, adaptés pour le petit écran.

Décidément, c'était une idée géniale. Il suffisait de laisser vagabonder mon imagination en écoutant ce que disaient mes beaux-parents au téléphone... Susan avait fait nettoyer ses deux robes préférées, l'une pervenche, l'autre couleur myosotis, celle avec des petites fleurs, tu te souviens, Fiona ? Elle les avait mises dans un sac en plastique, la première valise était à moitié pleine et Jock avait fait un plan avec des crayons de couleur pour repérer le circuit touristique de Tanger à Ouarzazate. Architecte à la retraite, il avait le sens de l'organisation, n'avait-il pas ?... Oui, je t'écoute. A l'hôpital Davidsons où ils avaient subi un check-up complet (rassure-toi, ma chérie, tout va bien), qu'est-ce que je te disais ? ah oui ! figure-toi qu'une infirmière est née au Maroc, à... (Fès ? hasarda Fiona à l'aveuglette)... oui, c'est ça, Fès ! Tu la connais ? Mary O'Brien, sa famille est établie à Kirkcaldy... Dad et moi avons eu les vaccins nécessaires : paludisme, choléra, fièvre jaune, typhus... tu ne souffres pas de la chaleur... est-ce qu'il y a des mouches comme on m'en a avisée ?...

Comme leur poste n'avait qu'un seul écouteur et que Susan avait tendance à garder la moitié des propos pour elle et déformait l'autre moitié sans le vouloir, Fiona dut répéter à son père la copie conforme, ou peu s'en fallait, de ce qu'elle venait de dire à sa mère. Ensuite de quoi, Susan voulut avoir le dernier mot. Elle était plus âgée que son mari — d'un mois. Elle était donc son aînée. L'inspecteur Ali téléphona dans ma tête, quelque chose comme : *Va te coucher, mon vieil auteur. J'en ai suffisamment entendu pour écrire le bouquin à ta place. L'intrigue est toute trouvée : de tes beaux-parents, lequel a noyé l'autre dans un verre d'eau ? Crime impossible, s'il en fut. Enfoncé, Dickson Carr ! Ah ! ce que je vais damer le pion à ces limiers de Scotland Yard !*

C'est ainsi qu'entre Edimbourg et El-Jadida s'établit une sorte de ligne directe, à jet continu. Il y avait eu le printemps des fleurs et de la verdure. Survint le second printemps : celui des agrumes et des primeurs. Les vaches vêlèrent dans les prés, ânes et chevaux entrèrent en rut. Avec les beaux jours, les jeunes filles s'attardaient sur la corniche, bijoutées jusqu'aux yeux, parfumées aux essences les plus tenaces. A quelques parasanges, les suivaient des bandes de garçons, la moustache triomphante. Ils ne faisaient que ricaner et humer l'odeur des femelles, narines palpitantes. L'Océan virait au vert et c'était comme si le ciel se creusait, devenait de plus en plus lointain. Par essaims étirés le long de la ville, de l'avenue Mohammed-V au Derb Twil dans l'ancienne médina, des abeilles bourdonnantes butinaient le miel des gâteaux chauds, aux étalages des marchands ambulants. Et, toutes les nuits, des files ininterrompues de camions ronflaient sur la route de Casablanca, chargés à craquer de pastèques, de poules blanches ou de sardines aux yeux rouge sang. A quelques milliers de kilomètres de là, la première valise avait eu le temps de se remplir... Jock envisageait d'en boucler les courroies, dans un jour ou deux... *Yes, Fiona, it's ready*...

Début juin, le receveur des P.T.T. me coinça dans la rue, me donna l'accolade. Il fleurait un after-shave musqué, musclé. Deux de ses dents étaient en or massif. La cinquantaine courtaude, la panse bien garnie.

— Je te félicite, maître.

— Ah? Tu as lu mes œuvres complètes?

— Ce n'est pas ça. Tu as fait un héritage?

— Pas que je sache. Pourquoi?

— Ça grimpe.

— Qu'est-ce qui grimpe?

D'un index poilu, il me désigna le zénith flamboyant.

— Ça va plus vite que les Scuds. C'est là-haut, tout là-haut. C'est astronomique.

— Je ne suis qu'un écrivain. Précise ta pensée. C'est trop éthéré pour moi. De quoi parles-tu?

— De ta note de téléphone.

Il m'entraîna à la terrasse d'un café, m'offrit un verre de thé, une cigarette, une poignée de main chaude de compréhension.

— Je sais, maître, je sais. Tu es en train de dicter ton nouveau chef-d'œuvre à ton éditeur, à Paris, de vive voix. Les unités défilent, défilent, s'amassent, gonflent. Mais les créateurs comme toi ne s'aperçoivent pas de ce petit détail, c'est normal. Bon, je peux attendre quinze jours trois semaines avant de t'envoyer cette fichue note. Je la laisse traîner depuis un mois, d'ailleurs. Je suis le chef et ce n'est pas un sous-chef qui me ferait la moindre remarque. Il ne faut pas que ton imagination soit sciée par de basses contingences terrestres, comme disait André Gide. Il a vécu au pays, ce type-là. Il n'arrêtait pas de pédophiler, c'était avant l'indépendance. Dis donc, maître : il doit être bien gros, ton roman.

— Non.

— Comment non ?

— Je n'ai pas écrit une seule ligne, depuis un an et demi que je suis de retour au pays.

— Il doit y avoir une fuite alors, ce n'est pas possible. Je t'envoie un technicien demain matin.

— Mes beaux-parents se proposent de venir nous rendre visite. Par conséquent, ils téléphonent et ma femme les rappelle.

Ici, le receveur se leva à moitié, m'embrassa sur les joues, appela le garçon de café.

— Va au bureau. Dis-leur que j'en ai pour un petit moment. Je suis en conférence avec notre écrivain national.

Il connaissait d'expérience les belles-mères. Il en avait une. *Avait eu*, « au plus-que-parfait, souligna-t-il, en un passé lointain, terminé ». Elle habitait Tanger à l'époque. Tout son traitement de receveur premier échelon s'envolait en paroles de vent, ou presque. Il lui restait à peine de quoi acheter du pain et de l'essence pour son automobile. Il avait fini par envoyer l'épouse rejoindre sa maman. Il l'avait même répudiée, par mesure d'économie. Elle avait un sexe juteux, gonflé comme un beignet : il tint à me le préciser en sirotant son thé avec délectation. Mais il y renonçait volontiers. Trop cher. Il voulait bien, dans le cas présent et par dérogation à ses principes déontologiques, prendre certaines dispositions risquées afin de me venir en aide... eu égard aux belles-lettres que j'enrichissais de ma plume — et qui lui étaient familières à longueur de journée, de par sa profession. Il en voyait défiler des milliers à la poste. Certaines s'ornaient de très jolis timbres. Il se pencha vers moi, baissa la voix :

— Tu connais l'Administration, maître. Elle est terrible. C'est elle qui commande. Pas les hommes. Non, tu ne la connais pas, suis-je bête ! Un poète comme toi ! Mais écoute voir : il y a moyen de la rouler dans la farine. C'est fréquent, chose courante. Ah ! si je te racontais...

— Raconte. Je suis à court d'inspiration.

— Une autre fois, professeur. Par exemple, je peux faire disparaître le premier chiffre du montant de ta note, en le grattant avec une lame de rasoir. Évidemment, ce sera plus difficile d'effacer ce même chiffre dans la colonne du bas, puisqu'il est écrit en lettres, comprends-tu ? Peut-être une goutte d'encre tombée par mégarde, hein ? Et si j'égarais cette maudite facture, tout bonnement ? Si je l'envoyais à une société étrangère établie en notre bonne ville ? C'est libellé en arabe, ils n'y comprendront rien et paieront rubis sur l'ongle. Toi qui es écrivain, as-tu une meilleure idée ?

— Oui.

— Dis.

— Coupe-moi le téléphone.

— Je n'en ferai rien. Je n'ai jamais vu cette facture dont tu me parles depuis un quart d'heure. Bonne journée, maître.

Chapitre 4.

La chasse d'eau donnait des signes de séni-
lité — l'un de ces mastodontes en fonte qui
avaient survécu aux deux guerres mondiales
et à la décolonisation. Ou bien elle se remplis-
sait sans se faire prier, comme ses congénères
des cafés maures. Ou bien elle était à sec, pas
une goutte. Parfois, elle débordait sans crier
gare. Je la connaissais de longue date, la
traitais avec ménagement, eu égard à ses
fuites incontinentes de dame très âgée. Fiona
et les enfants s'étaient habitués à ses sautes
d'humeur. Même le petit Tarik avait saisi le
truc : avant de tirer, il se juchait sur le siège,
fermait le robinet. Trois minutes plus tard —
le temps de bouquiner un album illustré — il
le rouvrait avec précaution. Deux tours et
demi, pas davantage. C'était simple, en vérité.
Et puis, lorsqu'elle était en marche, elle émettait une sorte de chuintement asthmatiforme.
Surtout la nuit.

Qui des deux compensait son sang-froid de
limande par des gestes nerveux ? Jock ou

51

Susan ? Je fis appel à un plombier jovial que m'avait recommandé le muezzin. Il vint avec son adjoint, alias son frère, une échelle à quatre barreaux très espacés, une bougie, une clef à molette. Un crayon de menuisier était en position stable sur son oreille. L'adjoint tint l'échelle, fermement. L'homme de l'art monta, ôta le couvercle de la chasse d'eau. Il dit :

— Troué. Pourri.

— Qu'est-ce qui est pourri ? L'ensemble de la situation ?

— Oh non ! me rassura-t-il. Il ne faut pas désespérer. Rien que le flotteur.

— Tu peux le changer ?

— Pas possible. Des modèles comme ça en cuivre, ça n'existe plus depuis Moïse. Rupture de stock. Tu vas jusqu'en Allemagne pour en trouver un pareil. Et encore !

— Il m'est très difficile de me rendre présentement en République fédérale. Tu peux m'éviter ce déplacement inutile ?

Il se gratta la tête, debout sur le troisième échelon.

— Trente dirhams.

— Dix. Je ne suis pas un touriste.

— Vingt-cinq et cette ferraille sera comme neuve.

— Quinze.

— Donne.

Je les lui comptai en petite monnaie. Il les recompta en remuant les lèvres, alluma la bougie, la pencha sur le corps du délit. Ce fut vite fait, sans l'ombre d'une hésitation.

— Et voilà le travail ! conclut-il. Tu attends un petit quart d'heure et tu tires. Ça marche, parole de professionnel !

Il s'en alla content de lui. Passa l'après-midi, tomba le soir. Je finis par actionner la chasse d'eau. Ce fut l'inondation immédiate.

Le second plombier était un homme de bien, avec une barbe blanche et des yeux pleins de bonté et d'honneur. Il entra dans une sainte fureur.

— Maquereau de son père ! Maudite soit la religion de sa race ! Où est-ce que tu as été ramasser ce saligaud ? Dans une écurie ou dans un studio de télévision ? Un plombier, ça ? Mes fèves, sauf ton respect. La merde soit sur lui, la pisse de chien ! Tu sais ce qu'il a fait ? Hein ? Il a fait couler la bougie sur les trous du flotteur, pour les boucher, le con. C'est tout, c'est tout. Partout pareil dans ce pays. Pas de conscience professionnelle, rien que le flouse qu'on pique à droite et à gauche. Même un juif ne ferait pas ça à un Arabe. Ils sont honnêtes, eux, les descendants d'Isaac. Un jour, le roi a réuni les membres de son cabinet en séance extraordinaire. Il leur a dit : « Rien ne marche. Le chômage se porte bien, la voirie est bouchée, l'inflation galope, le dirham baisse à toute allure. Alors ? Alors, voilà ce qu'on va faire : on choisit une grande puissance, par exemple l'Amérique. On lui déclare la guerre. Forcément, les Américains vont gagner, comme ils viennent de vaincre l'Irak. Ils occuperont notre pays et remettront tout en ordre. Ce sera l'abondance, le plein emploi, la baraka. Ce n'est pas une bonne idée ? » Un ministre prend la parole : « Et si on gagne, *nous* ? » C'est du moins l'une de ces histoires qui courent dans la médina. Moi, monsieur, pour aller à La Mecque, il me fallait un passeport. Tu peux en faire un livre de mes démarches, toi qui es savant. Ah ! ce que j'ai erré d'administration en administration, depuis le caïd de mon village natal jusqu'au chef de service à la municipalité, en passant par les policiers, les portiers, le garçon de café qui connaissait Untel, etc. A chacun d'eux, il fallait graisser la patte, c'est la coutume. Et, quand j'ai obtenu ce passeport — deux ans de patience, monsieur, deux ans — eh bien ! je n'avais plus un nickel pour acheter le billet d'avion.

— Ne pleure pas, grand-père. Pour l'amour de Dieu.

Je l'invitai à déjeuner avec nous. Des brochettes cuites sur du charbon de bois brasillant, sans trace aucune de fumée. Le filet de bœuf avait été découpé en dés presque égaux, avait mariné toute la matinée dans la *charmoula* : cumin frais, ail et coriandre hachés, une pincée de sel et une autre de poivre gris, quelques gouttes d'huile d'argane. Chaque morceau était entouré de crépinette, aussi mince qu'une pellicule. La crépinette avait fondu : en dessous, la viande n'avait pas charbonné. Moelleuse, juteuse à souhait. Je me rapprochai de Fiona.

Sur la table, le pain d'orge fumait encore. Un bol d'olives noires, un plat de riz aux petits pois, un panier de melons à chair vert tendre. Combien de taches de rousseur y avait-il sur les bras nus de Fiona ? L'homme à la barbe blanche mangeait avec amour. Il ne cessait d'appeler la bénédiction de Dieu sur la tête de mes enfants.

— Tais-toi et mange, lui dit Yassin.

— Ferme ta bouche, ajouta Tarik.

Il le dit même en marocain : *Chad kadous dialek, lahmar lakhour*! (« Ferme ton égout, autre âne ! »)

Il était comme ça. Son frère aussi. Ils tenaient au silence afin d'apprécier les bonnes choses de la vie. Brusquement, notre hôte se leva, le poing armé d'une brochette.

— J'ai trouvé, s'écria-t-il.

Et courut vers les toilettes. Ma foi, c'était une idée géniale, élémentaire. La mince baguette de fer faisait fonction de flotteur à présent : il l'avait fixée à la chasse d'eau par un bout, en la tordant quelque peu ; à l'autre bout, il avait enfilé trois ou quatre bouchons de liège. Et ça marchait...

... ou presque. Le troisième plombier... Avec ses forces d'herculesse, Saadiya arracha le tuyau de plomb et alla le vendre au marché aux bestiaux. Avec le prix qu'elle en tira (le plomb était une denrée rare et il y en avait pour plus de trente kilos), elle acheta un sanitaire en plastique. Il lui restait même quelques sous. Elle et moi, nous nous mîmes à l'ouvrage. Elle avait tout prévu : tuyaux « souple-dur », une petite égoïne, de l'étoupe, des colliers, un tube de colle universelle, des tournevis, une serpillière — et même une paille de fer pour détartrer la cuvette. Et c'est ce qu'elle fit : gratter, racler, poncer, en dépit des objurgations de Fiona. Quand elle se releva, elle avait des symptômes de sciatique, les genoux violets. Et ses yeux brillaient tels deux phares dans la nuit sur la route de l'existence.

— Appelle tes parents, maintenant, ma gazelle jolie. Cette chose en faïence est aussi blanche que le lait. Ils peuvent se mirer dedans.

— Où est la vieille ? demanda Tarik à son retour de l'école. Où est la vraie chasse d'eau ?

Il n'était pas content. Pas du tout. On lui avait enlevé l'un de ses jouets préférés. Je remisai dans un coin de ma mémoire les premières phrases du livre que j'envisageais d'écrire et je dis :

— Viens avec moi. Donne-moi la main.

Au fond du jardin, il y avait un garage sans voiture, pas le moindre vélo. Un petit chalet en bois vaigré, à toit vitré. Face aux portes coulissantes, des cabinets français, comme on dit en Turquie. (L'ancien propriétaire avait passé une petite annonce qui m'avait décidé les yeux fermés : *Vends lux. villa bord mer, 2 ch. à c., 2 séj., 2 w.-c., 2 sal. à manger, 2 cuis.*

Urgent cause divorce.) Le menuisier avait réalisé une œuvre d'art : une immense table oblongue, très basse, qui occupait tout le mur du fond. Un trou découpé à l'endroit idoine, couvercle en prime. Des petites portes, quantité de tiroirs.

— Ouvre, Tarik. N'importe quel tiroir.

— Des crayons feutre ! Je peux écrire sur le siège ?

— Évidemment. Tout ce que tu veux. C'est à toi.

— A moi aussi, dit Yassin.

Il était déjà sur le trône, son cartable à côté de lui. Rien n'échappait à son regard de radar. Il révisait ses leçons. A portée de sa main, une branche de figuier, chargée de fruits prêts à éclater. Je n'avais eu aucune peine à l'acheminer depuis l'arbre, sans la casser : deux planches déclouées en hâte dans la paroi, un bout de ficelle pour la maintenir de place en place. Des pots de fleurs à profusion, hibiscus, phlox, giroflées. Des animaux en peluche, un panier de dattes et de fruits secs, une jarre de miel. Sur un mur, tout un rayonnage de mes lectures préférées : Henry Miller, Ibn Khaldoun, Van Dine, Tintin, et quelques navets illustres dont je me repaissais avant d'entreprendre un nouvel ouvrage, simplement pour me prouver que je pouvais en faire autant.

— Chouette, comme dit le hibou ! s'écria Tarik. Il y a même des tapis.

Un seul tapis, de haute laine. Et quelques tentures du Moyen Atlas que j'avais âprement marchandées au souk à la criée. Tombant du plafond, elles faisaient flamboyer les rayons du soleil couchant.

— Chouette! répéta Tarik. Deux fauteuils.

— Un pour toi, l'autre pour ton frère. Ils sont pareils.

— Pas pour grand-père et grand-mère?

— Je ne les vois pas dans ce bazar. M'est avis qu'ils préféreront de beaucoup le cabinet de la maison.

— De toute façon, il est ripou. Il n'y a plus la vieille chasse. Et l'âne, il peut entrer ici?

— Mais bien entendu, voyons! Pour l'instant, il se repose dans le jardin. Il a brouté toutes les lettres des grands-parents.

Yassin referma son livre, le rangea dans le cartable. Il dit :

— Où est-ce que tu vas travailler, papa?

— T'en fais pas, fiston.

— C'était ton bureau ici et tu n'as rien écrit. Juste fumé des cigarettes.

— Mais maintenant que je n'ai plus de bureau, je vais écrire. T'en fais pas, mon grand.

— Parce que sinon, dit Tarik, tu pourras pas passer en C.P.

Mes yeux allaient de l'un à l'autre. Les phrases se bousculaient dans ma tête, des pans de chapitre. Comment faisaient donc mes confrères pour disposer de leur temps? Et fallait-il nécessairement ne pas être heureux pour écrire, ne pas avoir de vie de famille ? Et écrire quoi ? J'avais été absent de mon pays natal durant vingt-cinq ans. Et, depuis que j'y étais revenu, je n'avais cessé d'écouter mes os. Rien d'autre.

Chapitre 5.

L'horloge sonna la demie. Je cherchais le sommeil. Fiona dit :

— Tu dors ?

— Et si je répondais oui ? Tu serais bien attrapée.

Elle se coula dans mes bras. C'était assez risqué, avec son gros ventre. Contre mes basses côtes, je sentais l'enfant me souhaiter bonne nuit, à coups de pied. L'avenir.

— Tu es en train de faire le vide autour de toi.

— Oui.

— C'est donc que tu te prépares à foncer tête baissée dans la rédaction d'un nouveau roman ?

— Oui.

— Et cette fois-ci, ce ne sera pas une enquête de l'inspecteur Ali. Je me trompe ?

Je l'embrassai en guise de réponse. Pleurait-elle en silence ? Et pourquoi ?

— Un sujet grave ?

— Oui. Grave et enivrant. L'enfant se présente mal.

— Nous allons encore déménager ? changer de pays ?

— Non. Rassure-toi. Tu es bien ici. C'est ta maison, ta patrie. Selon tes propres termes.

— Et tu m'as crue ?

— Oui.

Un long moment, elle ne fit que me caresser le visage, de ses mains petites et fines. Puis elle jeta tout à trac :

— Tu devrais te révolter !

Je ne bougeai pas. Oreilles tendues, j'étais à l'écoute de la ville d'où commençaient à monter les voix et les musiques de la vie nocturne. Je dis :

— Contre qui ?

— Contre moi. C'est moi qui t'ai fait revenir dans ton pays.

— Cela ne me fournirait pas pour autant le fil conducteur du livre que je projette. Et je ne suis plus en âge de me révolter.

— Et à présent que tu es un auteur à succès, tu te considères comme un retraité ?

— Qu'en penses-tu ? A ton avis ?

Doucement, avec une lenteur extrême, comme si elle cherchait ses mots, elle dit :

— Se peut-il... se peut-il qu'on quitte un jour sa terre natale, et puis... et puis que l'on y revienne tranquillement, fastueusement, comme en vacances, comme si rien ne s'y était passé durant ta longue absence, comme si elle n'avait pas eu besoin de toi ? de toi ?

Encore maintenant, je ne puis me rappeler avec exactitude ce que je fis cette nuit-là. En quelques termes, clairement, elle venait de formuler le thème et le bilan. Le thème du livre et le bilan de ma vie. L'un rejoignait l'autre, si différents qu'ils fussent. J'étais délivré.

Chapitre 6.

Deux mains se posèrent sur mes épaules, par-derrière.

J'étais en train de siroter du thé à la menthe que m'avait servi mon boucher — et d'inspecter la viande par la même occasion. Une échoppe de quelque six mètres carrés, avec un comptoir qui la délimitait du trottoir, un semblant de réfrigérateur passé au lait de chaux et une balance romaine. Sur un réchaud à pétrole chantait la bouilloire.

— Brahim! Brahim Orourke! Où diable avais-tu disparu tout ce temps? En prison?

Je me retournai. Le commissaire Malih me souriait de toutes ses dents. Un homme de mon âge, blond, un teint de Scandinave, les yeux d'un bleu très clair. Un natif de Fès pur pedigree.

— Tu te caches de la police, dis-moi?

Il me donna l'accolade, m'embrassa sur les joues. Peu m'importaient ses fonctions. Il faisait partie de mon enfance perdue.

— Ainsi tu as commencé un nouveau chef-d'œuvre ce matin ?

— Qui te l'a dit ?

— Ton héros, l'inspecteur Ali.

Son rire était un concert de cymbales. Rangée en double file, sa voiture de fonction étincelait au soleil de midi. Le chauffeur briquait, polissait le capot à l'aide d'un vieux journal roulé en boule.

— Je t'ai eu, hein ? dit Malih. Tope là.

Il me tendit la main, paume en haut. Je topai.

— Qu'est-ce que tu fais, toi ? (Il apostrophait le boucher, les oreilles soudain rouges.) Qu'est-ce que c'est que ça ? Tu ne vas quand même pas fourguer cette saloperie à notre écrivain national ! La moitié c'est des os, l'autre moitié c'est de la peau. Où est la viande là-dedans ?

— Mais, monsieur le Commissaire, c'est juste... juste l'os à moelle. Je suis en train de le nettoyer.

— Donne-le à ton chien. Tu sais qui est cet homme qui te fait l'honneur de te regarder ? hein ?

— Oui, monsieur. Parfaitement. Il a la tête, mais il est modeste.

— Tu l'as vu à la télévision, oui ou non ?

— Je n'ai pas la té...

— Tu sais qu'on l'attend dans toutes les universités du royaume, à Fès, à Casablanca, à Rabat, pour des conférences ?...

Ma première conférence devait prendre une heure de mon temps, « soixante-dix minutes tout au plus, professeur ». Elle dura tout un après-midi.

Précédée de deux motards qui chevauchaient leurs engins tels des pur-sang du désert, la voiture officielle avait foncé à tombeau ouvert, pilé avec un curieux hennissement dans la cour d'honneur. L'homme qui se précipita pour ouvrir la portière se présenta à moi comme étant M. le Doyen de la faculté des lettres. Non, il n'avait jamais rien lu de moi, pas le temps, vous savez ce que c'est, ma tâche est écrasante. Par contre, il n'avait pas raté un seul de mes épisodes sur le petit écran — et comment faisais-je donc pour trouver des intrigues aussi farfelues mais qui tenaient le spectateur en haleine ? Sur son visage rond et jovial, la sueur coulait à grosses gouttes. Il était entouré de vapeur comme si on venait de le cuire au four.

— Dégagez ! Dégagez ! Nous sommes en retard.

Service d'ordre, brassards, jeunes filles endimanchées, crépitements des flashes.

— Dégagez ! Laissez passer le maître !

A notre entrée, la salle avait applaudi de longues minutes durant, debout. Gradins, des rangées de gradins, jusqu'au plafond d'où pendait un lustre en cristal. Projecteurs, forêt de micros et de caméras vidéo. Le doyen s'éclaircit la voix. Il dit :

— Nous voici enfin réunis, vous et moi, dans cette enceinte.

Devant moi se trouvait une carafe d'eau. Je remplis un verre et le vidai d'un trait. J'avais soif. Ce simple fait déchaîna une tempête de rires. Le doyen leva le bras pour réclamer un semblant de silence. Il dit :

— Je serai bref dans mon introduction. Car qui ne connaît notre écrivain national ? Il est célèbre dans le monde entier, même en Algérie, c'est dire ! J'aimerais tout de même développer ma pensée. Un livre se vend dans une librairie, comme son nom l'indique. C'est la même étymologie d'ailleurs. Il se vend d'autant plus qu'il a du succès. Mais *Les Enquêtes de l'inspecteur Ali*, ça, c'est quelque chose ! Un phénomène de l'édition mondiale. Vous les trouverez non seulement dans les librairies, petites, moyennes et grandes, mais aussi et surtout dans les kiosques, les supermarchés, les bureaux de tabac, les gares de chemin de fer, les gares routières, les stations-service, les aérogares, les grands hôtels, les ministères et même chez l'épicier. Ils se sont toujours vendus comme des petits pains. Ajoutez à cela les traductions dans de nombreux pays, en arabe également, sans oublier les adaptations télévisuelles, et vous serez, tout comme moi, pénétrés par la qualité, voire la quantité de l'honneur que nous fait M. Orourke en étant présent parmi nous.

Claquements de paumes, scandements discontinus comme des vagues de la marée montante :

— Orourke ! Orourke ! Orourke !

Derrière sa caméra, un technicien ôta la visière qui ceignait son front et l'agita dans ma direction, lançant à tue-tête :

— Bravo à toi, Brahim ! T'as fait mieux que nos médaillés olympiques et autres footballeurs. Dieu te garde !

Du regard, je cherchais autour de moi quelque chose à me mettre sous la dent. Je commençais à avoir la dalle. Est-ce moi qui poussai brusquement ce braiement à valeur de rire ? Je me remémorais dans les moindres détails un vieux film de Charlot. Il venait de commettre une plaquette de poèmes et on l'avait invité dans une maison cossue. Voici la scène : il est là, dans le salon d'apparat, avec son petit chapeau, sa canne, son pantalon tirebouchonné et ses immenses godasses qui bâillent. Apparemment très à l'aise. Mais au fond de lui-même, c'est la fringale à l'état brut. Voilà plusieurs jours qu'il jeûne. Et que voit-il par la porte vitrée qui sépare le salon de la salle à manger ? Un buffet surchargé de victuailles. Subrepticement, comme si de rien n'était, il s'y dirige. A plusieurs reprises et en vain. Il y a toujours un vieux monsieur genre retraité de l'armée des Indes ou une douairière amatrice d'art qui le retient par ses basques et lui demande ce qu'il a bien voulu dire dans la strophe que voici. Très poli, fashionable, il fait contre mauvaise fortune bon cœur, donne le complément d'information qu'on attend de lui. Ses lèvres remuent à toute vitesse. Et puis, la corvée expédiée, il fait un pas en direction de la porte... que vient barrer inopinément un long échalas à tête de demoiselle blondasse. A travers son face à main, elle le considère de ses yeux bombés. Page par page, elle feuillette le recueil de poésie, trouve enfin le vers qui a accroché son attention de romantique victorienne. Et à chaque fois c'est la même chose, une explication de texte, ce sempiternel verbiage qui empêche l'auteur d'aller calmer l'appel de ses entrailles. La nourriture est là, à deux mètres de lui. En désespoir de cause, il se laisse tomber dans un fauteuil et bouffe son chapeau.

— ... Et, en matière de conclusion, nous nous trouvons devant un paradoxe, poursuivait le doyen par monts et par vaux, sans souci du temps. Un paradoxe inexplicable à première vue. Car voici une trentaine de romans qui se sont vendus et continuent de se vendre comme autant de best-sellers, mais dont aucun n'a jamais suscité le moindre article dans aucun journal, ni en France ni dans le monde — à la différence des ouvrages d'autres écrivains maghrébins d'expression française auxquels ont été consacrés des pavés dans la presse et quantité de thèses, dont une demi-douzaine de doctorats d'État ! Je pense notamment à *La Civilisation, ma mère* ou au *Passé simple* de... de... je l'ai sur le bout de la langue...

Je lui soufflai obligeamment :

— Tahar Ben Jelloun.

— Tahar Ben Jelloun, s'écria-t-il. Merci. *Le Passé simple* et *La Civilisation, ma mère* ne seront jamais sans doute portés à l'écran. Et pourquoi cela ? Parce qu'ils ne se vendent guère. Et pourquoi ne se vendent-ils pas, contrairement aux *Enquêtes de l'inspecteur Ali* ?

Je griffonnai un mot sur un bout de papier que je fis glisser sur la tribune, à portée de son regard : « Faim. »

— Quoi ?

— J'ai faim.

— Abrégeons, dit-il. Mais, si l'on réfléchit correctement, on s'aperçoit que le paradoxe n'est pas si inexplicable qu'il y paraît. Primo, en écrivant des romans policiers, Brahim Orourke a fait preuve dès le début du sens de l'universel ; secundo, il a fait l'économie des complexités de l'identité culturelle et autres salmigondis où les critiques aiment bien enfermer nos littérateurs ; tertio, il a des tirages faramineux et gagne plus d'argent que tous les membres des prix littéraires réunis, y compris le Nobel. Vive notre écrivain national, vive le Maroc, vive le Roi !

On exécuta l'hymne national dans les clameurs et les vivats. Je l'écoutai religieusement. Ensuite de quoi j'enfilai les manches de ma veste pour aller manger un sandwich.

J'avais repéré un bistrot au coin de la rue. Le doyen me rattrapa sur la première marche de l'estrade, me ramena d'autorité, le bras autour de mes épaules. Il en pleurait presque. Il était en nage. Disant à mi-voix, tandis que recommençait le vacarme de plus belle :

— Dieu vous garde, mon frère ! Restez encore un peu. Pas beaucoup, juste un petit quart d'heure, une demi-heure. Vous les entendez ? Ils sont venus vous voir à des lieues à la ronde. Certains d'entre eux ont passé la nuit dans l'amphithéâtre. Si vous partez maintenant, ce sera la révolution. Ils sont capables de démolir la faculté tout entière et moi avec. Vous faites plus de tabac que Madona avec ses petites culottes, je vous jure, je vous le jure sur la tête de mes enfants, par Allah et le Prophète. Vous voulez un chèque ? (Il avait ouvert son chéquier, décapuchonné un stylo.) Combien ?

— Apportez-moi un pain d'orge, chaud de préférence. Fendu en deux. Et, au milieu, des sardines piquantes.

— Tout de suite, maître.

Je ne sais comment il s'y prit, mais l'instant d'après ma commande était devant moi, sur un plateau. Je l'engloutis posément, en prenant le temps de mâcher. Pour la faire descendre, je bus deux verres d'eau. Coup sur coup. Il y avait quelques miettes que je ramassai et mis dans ma poche. Le silence était total, physique. De l'ongle de mon index, je tapotai le micro avant de dire sur le ton de la conversation :

— C'est ce que fait toujours mon héros avant de commencer une enquête. Il mange. Mon premier livre s'intitulait d'ailleurs : *L'inspecteur Ali se met à table.*

Et je me tus. S'écoulèrent quelques secondes, sans un son, sans un souffle dans la salle. Et puis, du milieu de ce silence, s'éleva un ouragan de rires. Ce fut un déchaînement qui m'atteignit par tous mes pores, au plus profond de moi-même. J'étais proche, très proche de ces jeunes hommes et de ces jeunes filles qui me buvaient des oreilles et des yeux. Et peut-être sentaient-ils ce que je ressentais à ce moment-là.

Le doyen avait attiré à lui trois ou quatre micros, s'évertuait à clamer comme un naufragé dans la mer en tourmente :

— Et maintenant... et maintenant si vous le voulez bien... un peu de tenue, s'il vous plaît... je vais passer la parole à la vice-présidente... Silence ou je fais évacuer la salle !

Je jetai un coup d'œil à la petite brune qui venait de prendre place à mes côtés. Dans les trente-sept ans, robe rose bonbon, escarpins vernis, bijoux à profusion. Sur sa longue nuque fine folâtraient des boucles noires, jusque dans le dos. Mais d'où venait cette délectable odeur de lait caillé ?

Je me mis debout, comptai jusqu'à dix, puis jusqu'à vingt.

— Mes chers compatriotes...

Voici ce que je voulais dire, avec toutes les voix de tous mes ancêtres qui avaient déposé dans mon sang leurs doutes et leur foi, leurs peines et leurs joies et leur légendaire patience au fil des siècles :

— *L'absence a-t-elle une âme ? L'attente aiguise-t-elle cette âme, lui redonne-t-elle une présence plus lancinante que la réalité ? Toute mort ne laisse-t-elle pas derrière elle le souvenir amplifié de la vie ? C'est alors que les gestes et les paroles prennent une signification émotionnelle et assaillent, étreignent : on voudrait les entendre et les voir de nouveau, les extraire du domaine de la mémoire, les empêcher de vieillir, de rejoindre le passé. Tous sont privilégiés. Que jamais rien ne meure ! C'est alors que naît l'inspiration, à l'exacte frontière du vécu tout récent et de l'attente d'un nouveau moment privilégié. Elle supplée la réalité, lui donne une nouvelle vie.*

Les mots étaient déjà dans ma bouche, brûlants. Je n'en prononçai aucun. Je dis :

— Mes chers compatriotes. Au début de chacune de ses enquêtes, l'inspecteur Ali réunit les suspects et leur raconte des histoires drôles, sans lien aucun avec l'intrigue. Cela pour détendre l'atmosphère. Ensuite, il ne dit plus rien, jusqu'au dénouement. Pas une question, pas un mot. C'est sa tactique. Mais, apparemment, il n'y a pas eu de crime ici, dans cette vieille fac. Bon. Parfait. Nous allons donc, vous et moi, nous payer une pinte de bon sang. Je rirai peut-être plus que vous.

Et après, nous laisserons la dame faire son speech. Elle a préparé une vingtaine de feuillets dactylographiés. Vous êtes d'accord ?

— D'accord, hurla la salle.

— Vous êtes un chef, me dit le doyen. Vous savez les captiver.

J'allumai une cigarette, la fumai toute. Et je dis :

— Celle-là, je vais la placer dans mon prochain bouquin. Je vous en donne la primeur. C'est un montagnard de chez nous. Il se rend en France, chez un copain français qui tient une auberge. On est en plein mois d'août. Il lui dit : « J'ai pas beaucoup d'argent, mais je voudrais bien casser la croûte et peut-être passer une nuit chez toi. Si tu veux, hé ? » Le Français lui répond : « A la porte de l'auberge, il y a un cheval. Si tu le fais rigoler, je te paie le vivre et le couvert pour une nuit. — A la grâce de Dieu ! » dit le montagnard. Et il s'en va voir le cheval. Il lui murmure quelque chose à l'oreille et voilà le cheval qui se met à ricaner, les larmes aux yeux. « Bon, dit le Frankaoui, t'as gagné. Chose promise chose due. » Le lendemain, il lui dit : « Hier, tu as fait rire mon cheval. Eh bien ! si tu le fais pleurer, je te paie une semaine pension complète. — A la grâce de Dieu ! » fait l'autre. Il sort et qu'est-ce qu'on entend ? Le cheval en train de pleurer à fendre l'âme. « Bon ! tu as encore gagné, dit le Français. Chose promise chose due. Mais qu'est-ce que tu lui as dit hier ? — Moi ? pas grand-chose. Je lui ai dit que mon zeb était plus grand que le sien. »

Ici, j'allumai une deuxième cigarette, afin de laisser fuser l'hilarité générale et les réactions diverses. Trois ou quatre jeunes filles dégringolèrent des gradins, le visage en feu, à la recherche de la sortie. L'une d'elles se tenait le bas-ventre à deux mains.

— « Et ce matin, demanda le Français, qu'est-ce que tu as fait à mon cheval pour le faire pleurer de la sorte ? — Je le lui ai montré. »

Et je m'assis dans un concert de bruits d'animaux, me tournai vers la petite brune potelée, lui réglai son micro.

— Attendez un petit moment, madame. Le technicien est tombé à la renverse, sa caméra aussi.

Le reproche était peint sur son visage, verni par la tradition des tabous. Et quelque chose d'indéfinissable dansait au fond de ses prunelles, une étrange lueur de défi. A l'autre bout de la tribune, très loin du voyou que j'étais, drapé dans son officialité, le doyen ne faisait que s'éponger la face, la nuque, tirer sur ses manches empesées, resserrer le nœud de sa cravate. Rien d'autre. Il évitait soigneusement mon regard. La vice-présidente prenait à deux mains son manuscrit format 21×31, l'égalisait sur la table, à petits coups martelants. L'ongle de son majeur droit était cassé, rongé ; les autres s'épanouissaient en nacres mordorées, soigneusement manucurées. Avec un léger soupir, elle décolla ses lèvres l'une de l'autre, ouvrit la bouche. Haut et clair, elle dit :

— Élevons le débat, voulez-vous ? Lorsque l'auteur parle, c'est l'homme qui tient un discours, non l'écrivain. Car, et par définition (c'est une lapalissade qu'on oublie trop souvent), l'écrivain écrit. Son domaine est l'imaginaire. Et, si l'écriture est un exercice solitaire, le discours est un sport public — ainsi que cela vient à l'instant de vous être démontré. On s'exprime par l'un et, dans l'autre, on s'exhibe.

Elle prit une longue bolée d'air, narines frémissantes. L'odeur de lait caillé avait cédé la place à celle du levain chaud. C'était bon.

— Moi, je prétends que M. Brahim Orourke ne raconte pas seulement des histoires à dormir debout : dans tous ses textes, il se pose des questions sur la création ; des réflexions annexes viennent toujours aider à mieux comprendre, et donc à désamorcer, les pièges de l'illusion. Et ce n'est pas un acte gratuit qu'il ait choisi le genre policier : il nous traque dans notre conscience. Et, en situant l'action de chacun de ses romans dans un pays différent, il traque le monde arabe tout entier. J'ignore si cela a été conscient de sa part, dès le début. Mais l'inconscient, ça existe !

Ce fut alors une découverte de moi-même, de l'homme que j'étais censé être et qui, des décennies durant, s'était caché derrière l'auteur des *Enquêtes de l'inspecteur Ali*. Qui plus est, cet auteur-là, venu à la littérature à la suite d'un pari stupide, était en train d'acquérir une dimension à laquelle je ne m'attendais pas le moins du monde, mon éditeur non plus, je crois bien : une dimension géographique, historique, philosophique, voire mystique ! Décortiqué, explicité en formules professorales (« écriture du risque », « discours de la sécurité en liaison avec la police » et autres « éléments premiers polysémiques »), j'allais d'étonnement en étonnement. Mais je n'en laissais rien transparaître. *J'agis*, afin de vérifier le jus des mots et l'orgasme de l'intellect. Moi ? Moi, porteur de tant de message ?

— La coïncidence est frappante, poursuivait la vice-présidente sur un ton crescendo. Et l'écho, donnant du relief au texte, vaut la peine d'être souligné. Et ce d'autant plus que la résonance ne s'arrête pas là, la recherche d'exemples de la structure avec la présence dans tous ses romans de la mise en rapport du désir et de la réalité (ici la petite brune me jeta un regard oblique et écarta les jambes) ou, ce qui revient au même, la présence du rêve et de la réalité. Comme Freud l'a si bien démontré, le rapport du rêve et de la réalité est une partie intégrante de cette structure ; il est littéralement évoqué à chacune des occurrences pour accentuer et préciser son premier terme : en résolvant les énigmes, en démasquant l'assassin, l'inspecteur Ali démasque sa propre désillusion — et, partant, la désillusion de notre auteur, Brahim Orourke.

Par tous les diables, je pouvais admettre à la rigueur d'être comparé à San Antonio, mais pas à Freud tout de même! Je n'avais écrit que des polars, sans prétention. Je dirais même sans contenu littéraire — hormis l'intrigue qui se suffisait à elle-même comme une pierre. Que faisais-je là, dans cet amphithéâtre plein à craquer, peuplé de souffles et d'attentes tangibles? S'était-on trompé d'invité par hasard? Mais non! c'était bien moi. Tous les regards étaient fixés sur le M. Jourdain marocain qui avait fait de la prose sans le savoir. On m'applaudissait par mon nom à tout rompre :

— Orourke! Orourke! Orourke!

Si je pris quelque chose au sérieux, ce fut la ferme résolution de refuser le poste de recteur qu'on allait probablement me proposer à la fin de la journée. Mentalement, je préparai un petit discours *ad hoc*, poli et filandreux. René Char venait de mourir en ces beaux jours. Et L'Isle-sur-Sorgue avec lui. La poésie aussi. *Repose-t-il en paix lorsqu'il a disparu? Ça creuse un souterrain. Ça vole avec la graine. Ça signe quelque trace. Ça reconnaît l'amour. Rien n'est anéanti, même pas l'illusion de la facilité. Vivant là où son livre raidi se trouve. Et doublement vivant si une main ardente ouvre le livre à une page qui sommeillait...*

La vice-présidente venait de saisir ma main droite (la gauche était au chaud depuis un bon moment déjà, entre ses cuisses, juste sous le

poil) et l'élevait telle une relique vers le public
en délire.

— Et voici cette main qui a écrit plus d'une
trentaine de chefs-d'œuvre, s'écria-t-elle. A la
voir, on ne dirait pas qu'elle peut faire mer-
veille, n'est-ce pas ?

Sa vulve s'était épanouie, fleur de feu perlée
de rosée. Je n'y touchai pas. Je ne remuai pas
une phalange.

— J'ai bientôt fini, me dit-elle d'une voix
tendue. Il me reste une question à vous poser :
alors que tant d'écrivains ont du mal à percer,
et surtout les écrivains maghrébins d'expression française, comment se fait-il que vous,
dès votre premier roman, vous ayez atteint le
sommet des tirages ? Et ce d'autant plus
qu'aucun article, aucun articulet n'a jamais
été consacré à vos œuvres ?

Mes deux mains réunies, je me mis à les
frotter vigoureusement, comme si je les lavais
au savon. Toute vérité était bonne à *me* dire, à
moi. Mais pas aux autres, pas à ces milliers
d'étudiants qui me mettaient sur un piédes-
tal. Je ne pouvais pas fissurer leur part du
rêve. C'était si simple, absurde. J'étais à Paris,
il y a très longtemps. Quelques littérateurs en
herbe, dont Boris Vian, avaient organisé une
sorte de course contre la montre — et contre
la littérature en général. Les libations avaient
été généreuses, n'importe quoi qui avait un
goût d'alcool. Nous avions carte blanche pour
le sujet. Mais nous devions nécessairement :
1 — terminer le manuscrit avant l'aube ;

2 — être le plus débridé possible.

Ce que je fis. Au-delà de toute mesure. Une semaine plus tard, je reçus une lettre des éditions Michelson.

— Avez-vous idée de la valeur de votre manuscrit ? me demanda M. Michelson.

— Non.

— Vous venez tout bonnement d'écrire un roman policier d'un genre nouveau : le polar marrant, pour ne pas dire déconnant. Vous êtes de quel pays ?

— Je suis berbère.

— Vous vous appelez bien Orourke ?

— Apparemment.

— Vous avez de la chance.

— Quelle chance ?

— Votre nom. Il va faire votre gloire. La mienne aussi.

Il vint s'asseoir à côté de moi, releva ses lunettes sur le sommet de son crâne.

— *L'inspecteur Ali se met à table* est un bon titre, il met le lecteur en appétit. Mais si vous le signez de vos nom et prénom, il ne dépassera pas trois mille exemplaires. Comprenez-vous ?

— Non.

— Brahim Orourke, ça sonne arabe, berbère si vous préférez. Voici ce que je vous propose.

Il prit un stylo et écrivit sur son bloc-notes : *B. O'Rourke.* Expliquant :

— Votre nom restera le même : Orourke. On le prendra dans la seule acception qui

81

s'impose : patronyme irlandais, voire américain. Surtout si on lui adjoint une apostrophe : O'Rourke. L'œil du lecteur occidental est curieusement conditionné. Je vous garantis que personne n'ira imaginer que c'est un nom berbère. Quant à votre prénom, eh bien ! on le remplacera par l'initiale B. C'est tout. La curiosité fonctionnera dans toutes les directions, sauf la bonne. Benjamin O'Rourke ? Basil O'Rourke ? Britten O'Rourke ?... Signé ainsi, B. O'Rourke, votre livre se vendra partout, comme tout ce qui vient des States : B.D., séries B, variétés, la soupe qui tient lieu de culture. Alors, mon cher B., qu'en dites-vous ?

— D'accord. Je suis pour le fric.

— Parfait, conclut M. Michelson. Nous sommes faits pour nous entendre. Avez-vous un autre roman en chantier ?

— Non. Mais je vais m'y mettre. *L'inspecteur Ali coïte au Koweït,* ça vous va ?

— Parfait, répéta l'éditeur. Écrivez donc toute une série. Mademoiselle, apportez le contrat.

Et maintenant, un quart de siècle plus tard, me voici dans mon pays natal, face à quelque deux mille jeunes gens qui attendaient de moi ce que j'avais attendu de la vie, à la croisée de deux chemins menant, l'un vers le réel et le doute, l'autre vers l'imagination salvatrice. Et, tandis que la vice-présidente réajustait quelque chose sous sa robe (peut-être son collant, mais elle n'en portait pas), je lançai la seule réponse qui fût à la fois tangible et fictive, capable d'emprunter en même temps les deux chemins de l'existence : la réalité et le rêve.

— Mon nom, dis-je...

Suivit le feu croisé des questions et des réponses.

QUESTION *(C'était manifestement un coopérant d'après sa voix. Je ne voyais pas son visage dans l'aveuglement des projecteurs)* : Monsieur O'Rourke, ne se pose-t-il pas pour vous une dichotomie entre la pensée et l'écriture ? Je veux dire par là : si vous pensez en arabe et si vous écrivez en français, ne ressentez-vous pas un déchirement ?

RÉPONSE : Je pense et en berbère et en arabe, simultanément. Ce qui pose un problème, effectivement. Dès le départ. Laquelle de ces deux formes de pensée est la mienne ? Pour résoudre ce casse-tête, eh bien ! j'écris en français. Tout simplement.

QUESTION *(du même, enchanté de la perche que je venais de lui tendre)* : Dans ce cas, le concepteur est déjà doublement en crise d'identité, si je comprends bien. Comment s'opère alors le passage vers le locuteur, qui s'exprime sans peine dans la langue de Voltaire ?

RÉPONSE *(avec mon meilleur accent de travailleur immigré)* : C'est vrai, msiou. T'as rison. Ji pense en dialecte de chez nous, mais ji trové machine à écrire qui tape tote sole en francès. Wallah ! *(Houle et réactions diverses.)*

QUESTION *(venant de ma gauche)* : Veuillez agréer l'expression de mes sentiments les plus distingués, ainsi que de ma haute considération pour votre personne et votre œuvre. Car c'est grâce à toi, cher maître, que j'ai appris la géographie (de livre en livre, l'inspecteur Ali m'a fait voyager dans une trentaine de pays). J'ai également appris quelques langues étrangères, dont le russe. Jusqu'alors on n'avait à notre disposition que des manuels secs et rébarbatifs, boursouflés pour tout dire. Sans trace d'humour. Il faudrait envisager un jour de modifier de fond en comble les programmes de l'Éducation nationale, à commencer par l'enseignement de l'arabe, qui, à mon avis, date du Moyen Age.

RÉPONSE : J'en parlerai en haut lieu. Mais quelle est ta question, mon frère ?

QUESTION : J'y viens, maître. L'un de tes romans m'a enfin fait comprendre les maths. Jamais auparavant elles n'étaient entrées dans ma tête, même à coups de poing. Je te jure que le jour où j'ai lu, dévoré *L'Inspecteur Ali à Moscou*, ce jour-là... *(Ici, il se met à rire tout seul, à petites quintes.)* Ah ! la la ! c'est dingue. Un beau matin, Mikhail Gorbatchev entre dans son bureau du Kremlin. Et qui voit-il installé dans son fauteuil, entouré de ses collaborateurs ? Staline. Staline en personne, en chair et en os. Réunion extraordinaire du Parti. Réunion des sommités de

84

l'Académie des sciences. Car c'est bien lui, le vieux dictateur. Et non son sosie ou un fantôme. En témoignent formellement certains signes particuliers, sa dentition notamment.

RÉPONSE : Pose ta question.

QUESTION : Tout de suite, maître. Problème des problèmes : qui donc a-t-on enterré ? Et l'Histoire va-t-elle revenir en arrière ? On fait appel à l'inspecteur Ali qui, en une seule équation algébrique...

RÉPONSE : Tu ne vas quand même pas dévoiler l'intrigue ? Laisse un peu de plaisir à ceux qui n'ont pas encore lu ce bouquin. Qu'est-ce que tu voulais me demander ?

QUESTION : As-tu autant voyagé que ton héros et es-tu aussi polyglotte que lui ? L'inspecteur Ali fait honneur à notre pays, à la différence des détectives chauvins comme Sherlock Holmes ou Philip Marlowe qui ne parlaient que leur langue.

RÉPONSE : Non aux deux questions.

QUESTION : Mais alors comment fais-tu pour...

RÉPONSE : J'invente. C'est mon métier.

QUESTION : Comment travaillez-vous ? Établissez-vous un plan ?

RÉPONSE : Non. Pas de plan. Je commence par la fin. Et je me dis : « Vas-y vers cette fin, Brahim ! Va vers l'écurie. » (Rires, réactions diverses.)

QUESTION : Que pensez-vous de la femme marocaine ?

RÉPONSE : Je viens de revenir au pays. J'étais

parti il y a longtemps. Vous n'étiez pas encore née, mademoiselle.

QUESTION : Quelle est votre position en ce qui concerne la femme musulmane ? Je suis croyante pratiquante, je vous le dis tout de suite.

RÉPONSE : Puis-je savoir comment vous êtes vêtue ?

QUESTION : Moi ?

RÉPONSE : Oui. S'il vous plaît. Vous me voyez, vous. Moi, je ne vous vois pas.

QUESTION : J'ai un jean et un sweater. Pourquoi ?

RÉPONSE : Portez-vous un tchador ?

QUESTION : Non.

RÉPONSE : Eh bien, alors...

QUESTION *(au premier rang. Un jeune homme très distingué, avec des lunettes d'intellectuel. Petite moustache)* : Eh bien, moi, je ne suis pas d'accord. Vous vous comportez en deçà de ce que vous pouvez être et faire. Notre société est malade. Un homme de votre valeur se doit de prendre à bras-le-corps les problèmes de notre temps. Il a l'obligation de faire de la politique *(rumeurs, vivats)* et d'être le porte-parole de ceux qui n'ont pas de voix. J'ai fini, maître. *(Acclamations.)*

RÉPONSE *(lentement, détachant les syllabes)* : Pourriez-vous me montrer votre carte ?

QUESTION : Ma carte d'étudiant ?

RÉPONSE : Non, votre carte de police.

Chapitre 7.

Le commissaire Malih disait au boucher :
— Tu sais qu'on l'attend un peu partout dans le royaume, pour des conférences dans les universités ?
— Oui, excellence.
— Donne-lui un gigot. Avec les premières côtes. Mets-le sur mon compte. Comme d'habitude.
— Oui, monsieur. Tout de suite, excellence.
— Non, pas celui-là, abruti ! Il date de la veille. Sors le mouton que tu caches dans le frigo. On te l'a livré ce matin à dix heures dix. Découpe-le. Il est frais, il porte le tampon rouge.
Il alluma deux cigarettes, m'en tendit une.
— Qui t'a dit que j'entreprenais un nouveau bouquin ?
— Oh ! ça ? s'exclama-t-il. Élémentaire, mon cher Orourke. Tu devrais mettre ton inspecteur Ali à mon école. Voyons ! Tu as acheté du papier machine au lever du soleil

chez Mouhammad, ton épicier habituel. Il te l'a vendu au poids. De l'extra-strong.

— Tu ne vas pas me dire que Mouhammad est l'un de tes hommes ?

— Non, pas lui. As-tu remarqué la vieille mendiante qui a ramassé entre tes pieds le mégot que tu as jeté ?

— Non.

— Et ça se dit auteur de romans policiers ! Et puis, continua-t-il, comme Mouhammad n'avait pas de papier carbone, tu es allé t'en procurer à la librairie des Doukkala, là-haut sur le plateau. Tu étais si pressé que tu as pris un petit taxi, le numéro 37. Le chauffeur t'a rendu la monnaie sur un billet de dix. Tu n'as pas vérifié.

— Lui aussi ?

— Non. C'est un voleur. Je lui ai retiré sa licence pour une semaine. J'aime que ma ville soit propre, nette de toute souillure. Il t'a carotté d'un dirham.

Il mit la main à sa poche. Son veston venait tout droit d'Oxford Street, pochette comprise.

— Tiens, voilà ta pièce. Et toi, le boucher, tu n'as pas bientôt fini avec ce gigot de malheur ?

— Tout de suite, monsieur.

— Ah ! dit le commissaire Malih avec nostalgie. Ce que nous avons pu rire quand nous étions gamins. Et te voilà célèbre ! Nous allions à la nage piquer du poisson dans les chalutiers espagnols. Nous poursuivions les petites juives dans les ruelles du mellah. Tu

88

étais le plus voyou de nous tous. Ces farces que tu inventais jour après jour! Tu te souviens, Brahim, mon frère?

— Parfaitement, affirmai-je.

Je ne me souvenais de rien ni de personne. Pas même de lui. Toute mon enfance avait disparu.

— Tu te rappelles la fois où tu es venu à l'école primaire à dos d'âne? Le maître a crié : « Sortez-moi cet animal! » Et c'est toi qui as pris la porte, haha! L'un de nos compagnons a fini en prison. On ne plaisante pas avec la loi. J'ai oublié son nom, d'ailleurs. C'est magnifique, ce que tu écris, tu sais. Des suspenses qui tiennent le lecteur en haleine, jusqu'à la dernière ligne. Rien à voir avec ces écrivains maghrébins de langue française. Ces intellectuels!

Sans transition aucune, il dit :

— Madame ton épouse a pris contact avec le médecin-chef de notre hôpital, j'imagine? On ne m'en a rien dit. Étrange.

— Elle a fait le tour de l'établissement, oui. Par l'extérieur. J'ignore ce qu'elle en a conclu. En tout cas, elle a prévu d'accoucher dans une clinique privée de Salé.

— Viens avec moi. Monte. Nous allons chercher ta femme. Qui aurait pu lui apprendre que cet hôpital miteux d'apparence dispose de sommités médicales — et de deux chambres particulières au fond du parc, pour les parturientes de renom? Prends la viande, Bachir, mets la sirène! Fonce.

C'est ainsi que Fiona fut confiée aux bons soins du Dr Lahlou, obstétricien. Furent requis à compter de ce jour-là une sage-femme, un pédiatre et trois infirmières. Ils devaient se tenir prêts à intervenir à tout moment. Ordre du médecin-chef. Et pas de pourboire, ni avant ni après. Ordre du commissaire Malih. Il n'aimait pas la corruption, cette maladie du tiers-monde. Saadiya était déjà à l'hôpital, dans la future chambre de la future maman, houspillant les femmes de service. Elle avait emporté avec elle une tête-de-loup, une brosse en chiendent, des serpillières neuves, un bidon de Javel. Et une peau de mouton, les poufs du salon. Assise en tailleur sur la charrette, elle avait lancé à l'âne noir :

— *Zid a sidi! Sir!* Avance, monsieur. Au trot!

Chapitre 8.

— J'aime bien le Dr Lahlou, me dit Fiona. Tout en lui est rassurant : la voix, les yeux, les mains. Et quelque chose d'autre que je ne peux définir. A la fois très mâle, sûr de lui, et maternel, féminin. Il sait écouter, sans poser de questions ou presque. Il emploie souvent la phrase que tu as mise dans la bouche de l'inspecteur Ali, de livre en livre : « Il faut laisser du temps au temps. » Il a le strict minimum dans son cabinet de consultation. Pas d'appareils modernes, excepté un stéthoscope. Il a fait les mensurations avec un mètre de couturière. Il souriait. Il m'a dit : « Tout est normal, madame. Parfait. Hauteur utérine 27. Biparamètre crânien 80. Présentation céphalique, dos à gauche, en avant. Placenta antérieur, *non praevia*. Très bonne vitalité fœtale. Ça va être un beau bébé, madame. Dans les 3,700 kg. Il viendra à terme, dans deux mois. Vous et moi, nous allons l'attendre patiemment, sereinement. Revenez me voir d'ici là, si cela vous fait plaisir. Mais ce n'est pas la peine de vous déplacer, à mon avis. Faites confiance à votre corps comme je fais confiance à mes mains. » Il n'a rien noté dans le carnet de maternité, pas un signe. Je me sens bien avec lui. J'espère que cette fois-ci tu vas assister à l'accouchement. J'y tiens.

— Lequel des deux n'aime pas dormir du côté du mur ? Ton père ou ta mère ?

— Qu... quoi ?

J'allumai la veilleuse, pris le manuscrit dans la table de nuit. Il était bien mince, deux ou trois feuillets.

Le Second Passé simple, me mis-je à lire. *Roman.*

Première Partie : *Les temps présents. Chapitre 1.*

Durant ces dernières 24 heures, les B 52 ont déversé des dizaines de milliers de bombes sur Bagdad et la région de Bassorah. L'agence IRNA affirme que dans un abri civil il y a eu 340 morts. Selon le Pentagone, il s'agirait d'un fortin militaire. Nouvelle attaque irakienne cette nuit sur l'Arabie Saoudite. Vers 1 h 30 du matin, les sirènes d'alarme ont de nouveau retenti à Dahran et dans la capitale, Riyad. On a vu des explosions orange dans le ciel, signe de l'interception des missiles irakiens par les antimissiles Patriot. Un premier tir de Scud hier soir à Riyad a fait un mort et trente blessés. Il a touché un bâtiment administratif qui s'est effondré. L'attaque hier après-midi sur Israël a fait deux morts et soixante-neuf blessés selon les derniers bilans. Treize d'entre eux seraient dans un état

grave. Bagdad a tiré sept Scud sur les régions de
Tel-Aviv et de Haïfa. Un missile notamment est
tombé entre deux immeubles qui se sont écrou-
lés. Malgré cette cinquième attaque, l'État
hébreu n'entend pas riposter, du moins dans
l'immédiat...

Je fis une pause. Fiona me considérait avec
une sorte de désarroi tranquille. Je n'étais pas
content de moi : je récitais poliment, profes-
sionnellement — alors que la colère montait
et descendait en moi tel un soufflet de forge.
Je repris :

— Ici, j'ai été obligé de faire patienter mon
inspiration et mes affres. J'ai même tapé trois
points de suspension. Comprends-tu ? Je porte
ce livre en moi depuis vingt-cinq ans, depuis
que j'ai été saisi un jour par les démons de
« l'écrivanité ». Et il a fallu cette guerre du
Golfe pour que je me mette en branle. L'écrivain doit être un témoin.

— Calme-toi, fit Fiona.

— Je suis d'autant plus calme qu'il me faut
écrire ce livre, coûte que coûte. Avec toutes
mes révoltes anciennes, présentes et futures.
Car que va-t-il se passer ? Les Américains vont
écraser l'Irak, sûrement. Il y aura quelques
concessions territoriales entre Israël et les
Palestiniens, pour ce qu'on appelle une paix
juste et durable. Et rien ne sera résolu. Je me
dois de faire mon métier, au lieu de faire le
pitre avec l'inspecteur Ali. J'ai déjà les personnages : ces chefs d'État arabes qui nous
gouvernent alors que personne ne leur a

demandé de nous gouverner. Tous assis, tous immobiles, tous jaloux les uns des autres, des petits chefs qui pensent avec leur chefferie. Et le personnage principal du livre sera l'homme arabe, ce malheureux *Homo arabicus* nourri des légendes de son passé prestigieux et qui n'a plus que sa foi pour vivre toutes les injustices du monde, toutes les oppressions. Rien que dans ce pays, mon pays natal, *le mien*, j'ai compté mille cent deux geôles-tombeaux. Et l'on n'a cessé de me fêter, en raison de mes polars inoffensifs. Non, non, chérie : j'ai bien inspecté la maison, tous les murs, le toit, la terrasse, jusqu'à la moindre canalisation. Il n'y a pas de micros. L'Arabe, où qu'il se trouve, sera de plus en plus traqué par des puissances qui lui échappent. C'est cela le thème du livre que je projette. Désespérance, extrême solitude et quelques lueurs de tendresse dues au rêve et que l'on qualifie de poésie. Voilà ce que je sens.

Je respirai lentement, longuement, bouche ouverte. Je pouvais entendre le sang se calmer dans mes veines. Des années durant, j'avais vécu comme un objet, non un sujet : n'avais-je pas trouvé le filon des *Enquêtes de l'inspecteur Ali*, tout comme mes estimables congénères avaient trouvé le filon du pétrole dans leur désert culturel ? Je dis :

— Tout était dans ma tête, j'étais lancé. Et puis, entre ce livre et ma machine à écrire, s'est imposée brusquement à moi une vision, obsédante : le lit. Pour avoir séjourné chez toi, je sais d'expérience que Jock aime ses aises, c'est-à-dire un matelas confortable, disons mou ; et qu'au contraire Susan préfère quelque chose de dur, à cause de son dos. Tu m'écoutes ?

Pourquoi Fiona boxait-elle l'oreiller de ses poings menus ? Pourquoi le mordait-elle ? Entre deux hoquets de rire, à qui demandait-elle d'arrêter ? arrêter quoi ?

— J'ai donc fait un petit tour dans la médina, donné des instructions détaillées à Omar, le menuisier. 160 centimètres de large, 2,20 m de long. La moitié de ce monument sur socle est composée d'une espèce de sommier en lattes de caoutchouc tressées, de quoi faire des galipettes jusqu'au plafond. L'autre moitié est une planche épaisse, du bois dont on fabrique les cercueils... Quoi ? Que dis-tu ? Et, par-dessus, un matelas d'une seule pièce. Je ne voudrais pas séparer tes parents dans leur sommeil... Quoi ? Tu es malade ?

— Tu... tu veux que l'enfant arrive avant terme ?

— Non.

Apparemment, elle reprenait son calme et sa raison.

— Ayant résolu ce problème algébrique, je retrouvai aisément le fil conducteur de mes idées. J'étais de nouveau au Golfe, sur le théâtre des opérations.

Je repris la lecture du *Second Passé simple*.

— *Des appliques étaient allumées sur les murs. D'une soucoupe noire s'étirait, haletant,* un mince filet bleuté au-dessus d'une cigarette qui achevait de se consumer. L'inspecteur Ali l'avait allumée, en avait tiré une bouffée, puis l'avait posée dans le cendrier. Tout autour du bunker, s'effondraient les immeubles, par vagues déferlantes, de haut en bas. On n'entendait pas les bombes — ni leur souffle ni les explosions. Le salon où il se trouvait était insonorisé, baigné de fraîcheur.

Ali se souleva sur une fesse, lâcha un pet sonore et dit posément :

— Bon. Je vous ai entendu, président Saddam Hussein. Mais ce discours que vous m'avez tenu un quart d'heure durant, je le connais par cœur. On nous l'a assez seriné, de Rabat à Riyad. Vous y croyez, vous, à la nation arabe et au djihad ? Vous me donnez combien pour vous tirer de cette merde où vous vous êtes mis ? Je travaille à mon compte, dites donc !

Il se déchaussa, mit ses orteils à l'air libre avant d'ajouter :

— Je connais Bush. J'étais avec lui à Washington pas plus tard qu'hier soir. Je lui passerai tout à l'heure un coup de téléphone pour plaider en votre faveur, à condition que nous nous entendions, vous et moi, questions pépètes. Bush. George Bush, ah ! voilà un homme avec lequel je me suis entendu : un vrai musulman selon mon cœur. Ça vous les coupe, hein, président Saddam Hussein ?

Je rangeai le manuscrit dans une chemise cartonnée, religieusement.

Je dis :

— Il y avait bien l'ombre du début d'une seconde version, due non à l'inspecteur Ali mais à moi. Mais la source a brusquement tari. Le ruban machine n'a plus d'encre. Et, dans ma tête, ne subsiste plus qu'un point d'interrogation. Tous les autres caractères ont disparu, va savoir pourquoi. Ce lit, on va l'assembler demain matin avant de nous le livrer. Il y a deux montants : l'un à la tête, l'autre au pied. Mais quel est le côté qui va se placer contre le mur et quel est...

— Au milieu, dit Fiona.

— Quoi ?

— Mets le lit au milieu de la chambre.

Je courus vers elle, l'embrassai sur les tempes, sur ses paupières frémissantes.

— Nom d'Allah ! mais c'est bien sûr, comme dirait l'inspecteur Ali.

Chapitre 9.

— Et quelles sont tes nouvelles, docteur ?
me demanda Mouhammad l'épicier. Pas de
soucis depuis hier, pas de difficultés d'adapta-
tion ?

Crâne rond, yeux assoiffés de sommeil, le
visage empreint d'une rare noblesse, une
barbe de trois jours. Il se rasait tous les
vendredis matin, avant d'aller à la mosquée
On était un lundi.

— Madame va bien ? Elle va nous donner
un fils dans notre ville, d'après ce que m'a
raconté la bonne du gouverneur de la province ? Par tous les diables, voilà-t-il pas
qu'elle me cause en berbère quand elle vient
faire ses courses ! Ça me remue le cœur.
Tandis que toi, fils du pays, un Orourke qui
plus est, tu as oublié la langue. Tu ne parles
plus qu'arabe et étranger. Mais ça va te
revenir, il faut faire confiance au temps. Ils
sont enfin arrivés, tes beaux-parents ?

J'étais accoudé au comptoir, la liste des
commissions sous les yeux. Saadiya se tenait

à mes côtés, avec son couffin. Engoncée dans sa gandoura, encapuchonnée, voilée.

— Bientôt, dis-je à Mouhammad. Quelle est la marque de thé qu'affectionnent les Écossais ?

— Aha ! s'écria-t-il. Les « Scouts » ! Ils sont pas pareils que les Anglais. Ils ont la tête plus dure que nous autres. Peut-être du Darjeeling ou du Ceylan ?

— J'y ai pensé. Mais ce n'est pas ça.

— Du Sow Mee, du Mee Lee... Attends voir.

Il se gratta la tête, considéra la paume de sa main droite sur laquelle était inscrite une longue liste de chiffres. De dessous le comptoir, il prit un poste téléphonique, composa un numéro à l'aide d'un crayon à encre.

— J'ai un cousin à Glasgow, m'expliqua-t-il. Épicier comme moi. Il ouvre quand les autres ferment leurs boutiques, même les Pakistanais. Allô ! Mabrouk ?... Louange à Dieu, ça va... Oui, il a plu d'abondance... Ils vont bien, merci... Comme-ci comme-ça... Aha ?...

Et d'un seul coup, au détour d'une phrase où il était question de météorologie comparée, il se lança dans l'idiome de Walter Scott, avec l'accent chantant d'un pur Highlandais :

— *Tell me, my dear : what is the brand of tea you drink over there ? Ah ? Yeh ? Of course. By mail... Send me three or four boxes of twelve dozen... Yes ?... Yes, send it too. Goodbye !*

Il raccrocha. Placide, il dit :

— C'est fait. Le thé de tes beaux-parents sera chargé à bord du premier avion en partance de Glasgow. Mon cousin y joint quelques boîtes de biscuits de là-bas, ginger bread, short bread et autres étrangetés dont je n'ai pas bien retenu le nom. Je ne te compte pas la communication téléphonique. C'est pour le service.

Je lui serrai longuement la main, avec chaleur.

— Où as-tu appris l'anglais ? Et quand ?

— Oh ça ? répondit-il. En bavardant de temps en temps avec mon cousin. Ce n'est rien. Il faut de la crème liquide, semble-t-il, pour le thé des Écossais. Je connais un fermier de Tnine Chtouka qui pourrait t'en procurer quotidiennement. Et avec ceci, professeur ?

Je passai à l'article 2 de la liste.

— Des tasses, avec des soucoupes assorties.

— J'ai. Quelle couleur ?

— Blanches à petites fleurs bleues.

— J'ai. Ensuite ?

— Un cache-théière pour garder le thé constamment chaud, durant une heure ou deux.

— Molletonnée double, alors ?

— Effectivement.

— Quelle couleur ?

— Assez indéfinissable. Un mélange de jaune, de vert et de brun.

— Crotte d'oie alors. J'ai. Et avec ceci ?

— Des cuillers, beaucoup plus petites que celles de chez nous.

101

— Celles avec lesquelles on se cure les dents ? J'ai. Or, argent ou métal ?

— Argent.

— Ciselées fantaisie, avec la tour Eiffel ? Ou Buckingham Palace ?

— Buckingham.

— J'ai...

Hormis la viande et le poisson, il avait tout. Même des devises en cas de besoin. Nous repartîmes à petits pas, Saadiya et moi. Elle marchait sur le macadam et moi sur le trottoir. Nous tenions chacun par une anse le couffin qui avait les dimensions d'un bât. Nous le maniions avec précaution. Il contenait les éléments essentiels de la société civile, depuis le sèche-cheveux à trois vitesses jusqu'à la colle en poudre pour le dentier de Jock, en passant par divers ingrédients du confort hygiénique. Comprimés effervescents contre les conséquences éventuelles des épices, anticors pour le gros orteil droit de Susan, insecticide, lotion anticalcaire, etc.

Ce soir-là, je déchirai le Plan. Il avait été exécuté dans les moindres détails, avec infiniment plus de rigueur que celui d'un roman. Les gonds des portes étaient huilés, les poignées, le pêne des serrures. Le cumulus fonctionnait sans bruit, le réfrigérateur avait été dégivré, vidé de son contenu marocain comme le *smen* ou le *khlii* *, que remplaçaient

---

* *Smen* : beurre vieux de quelques années, à goût de roquefort. *Khlii* : viande séchée au soleil.

à présent de bonnes victuailles aseptisées. Œufs en abondance et en priorité ; pain sous cellophane ; fromage inodore et insipide ; beurre blanc en pots individuels ; tranches de jambon sous plastique ; et toute une collection de boîtes de conserve et de marmelade. Pas une toile d'araignée, pas une trace de doigt sur les carreaux. Saadiya avait soufflé comme un bœuf toute la journée.

— Je ne pourrais pas dormir dans cette maison, avait-elle déclaré en partant. (Elle était à califourchon sur l'âne noir.) Et je préfère te dire que je ne toucherai plus à ce frigo. Ça me rend malade.

— Débarrasse-moi de ce mégot, dis-je. Jette-le dehors.

Je lavai le cendrier, l'astiquai. Un cendrier tout neuf, en cuivre étincelant. Ensuite de quoi j'allai embrasser les enfants dans leur lit. En patins.

— Tu nous racontes une histoire de l'inspecteur Ali, papa ?

— D'accord, répondis-je.

Et, lentement, avec l'accent français, je leur donnai lecture des DEUX télégrammes que j'avais reçus dans la matinée :

Arrive to-morrow BEA F. 787 Casa 13 p.m. Jock.

We arrive to-morrow Friday 13 p.m. Casablanca Mohammed V Airport Flight BEA 787. Lots of love. Susan.

— Ça veut dire quoi ? demanda Tarik en suçotant sa tétine.

— Ça veut dire que l'inspecteur Ali a fini par tirer les grands-parents par la peau des fesses, expliqua Yassin. On va les chercher à l'aéroport demain à treize heures. Thirteen, c'est treize en anglais. T'es bête ou quoi ? Tu n'entends pas la fête qu'on leur prépare ?

Je leur souhaitai bonne nuit et sortis. La ville était en ébullition, toute la population dans la rue. Au son des flûtes et des tambours, on dressait à la hâte des arcs de triomphe en contreplaqué et branches de palmier, des oriflammes, des guirlandes aux ampoules multicolores. Orchestres à tous les carrefours, débauche de gâteaux, voix fortes mêlées les unes aux autres, rires et danses. A l'arrière-plan sonore, l'Océan toussait tel un vieillard. Camions-bennes, bitume bouillant déversé dans les nids-de-poules de la chaussée, trottoirs lavés à grande eau. Agiles et véloces, des milliers de mains plantaient des fleurs et des arbustes dans le terre-plein des avenues. Arcades, drapeaux. Motos hurlantes des gendarmes, sirène à plein volume. Mendiants, clochards, estropiés du corps ou de l'âme entassés en vrac dans des paniers à salade, eux et leur fourbi en ballots. Résines fumant dans des encensoirs que l'on promenait de groupe en groupe : aloès, storax, sandaraque, oliban, costus. Et, aux places stratégiques, des équipes de télévision étaient à pied d'œuvre. Le bruit avait couru que le roi envisageait de rendre visite à El-Jadida, capitale de la province des Doukkala.

DEUXIÈME PARTIE

Ils sont arrivés

Chapitre premier.

Les yeux levés au ciel comme pour le prendre à témoin, Tarik tournait et tournait en une circumambulation concentrique sur toute l'étendue de l'aérogare, se faufilait entre les jambes d'un douanier, évitait de justesse des passagers éberlués, un chariot chargé de valises, un portique qui n'avait pas eu le temps de se refermer sur ses doigts. Ce faisant, il entonnait, modulait l'appel à la prière du milieu du jour qu'il interrompait parfois d'une remarque retentissante : « Ah! zut! je m'ai trompé. » Et il changeait de jeu et de registre, devenait une locomotive à vapeur : « Tut! Tut! Tut! », un avion supersonique : « Vroum! vvvou! vroum! », l'*Insula Oya* qui se préparait à entrer à Port-Joinville : « Machine arrière toute! » Il ne risquait pas de se perdre. Accroupi sur ses talons au beau milieu du hall central, Miloud veillait sur lui. Il était de ma tribu.

— Les voilà! s'écria soudain Yassin. Il ne

m'avait pas quitté d'un pouce. Il était juché sur mes épaules, 21,300 kg.

Dans un fondu enchaîné de bottes et de crosses, une douzaine de soldats présentèrent les armes — tandis que de l'arrière-plan sonore me parvenait la voix de Tarik, péremptoire :

— C'est pas les mêmes. Ils ont changé de tête.

— Prends du champ, lançait quelqu'un dans mon dos. Cadre-le avec le petit et Son Excellence.

On me tendait une perche au bout de laquelle il y avait un shops encapuchonné de plastique gris. Je me devais de dire quelque chose, une parole de bienvenue. Mais j'étais fort occupé à essayer de libérer ma main que serrait vigoureusement le ministre. Il avait une chevalière en or, à arêtes vives. Il était si heureux de me revoir, quelle heureuse coïncidence que vous soyez précisément là à la descente de l'avion — la coïncidence étant l'intersection des deux branches d'un compas et on voit juste quand on a celui-ci dans l'œil, comme disait Gustave Flaubert dans son *Dictionnaire des idées reçues*, l'avez-vous lu ?

— Non, répondis-je. Qui est-ce ?

Il revenait d'Edimbourg (Angleterre) où il avait inauguré l'exposition de la jeune peinture marocaine, mais la nourriture laissait à désirer en Écosse, surtout le pain, et est-ce que je connaissais « Idenbarra » ?

— Non, répétai-je.

110

Nous nous trouvions sur un tapis rouge, entre la passerelle de la porte 3 et le salon d'honneur.

— Ils sont à vous, ces charmants bambins ? me demanda le ministre. Ces chères têtes blondes, comme disait Victor Hugo, l'auteur des *Misérables* et de *La Légende des siècles*.

— L'un est blond, l'autre est brun. Moitié moitié.

— Ah ! s'écria le ministre. Ah oui ! *De bien regarder, je crois que ça s'apprend*, comme dirait Marguerite Duras

— Qui est-ce ?

— *Hiroshima mon amour.*

— Je n'ai jamais été au Japon.

Il venait de marquer deux points. J'étais censé être nul en citations. Il me broyait la main de plus belle et je savais que les techniciens étaient en train de faire un gros plan sur ce shake-hand culturel. Il ne me regardait pas, moi. Il fixait la vidéo. Et, à travers ma personne et mon renom d'écrivain parvenu — parvenu ! — il s'adressait aux compatriotes, souriait aux téléspectateurs et téléspectatrices. Avec un peu de chance, le scoop passerait au journal du soir. Parlant d'abondance, il s'approchait centimètre par centimètre de la caméra.

— Vous vous souvenez de cette réception, mon cher maître ? C'était il y a un an, jour pour jour...

Yassin glissa le long de mon dos, ce qui me permit de récupérer enfin ma main.

— Les voilà ! Viens, Tarik !

Il partit en courant.

— Mamie ! Grandad !

Du coin du l'œil, j'aperçus une casquette en tweed que surmontaient des clubs de golf — et des séquences hachurées d'une dame en robe mauve qui se démenait parmi les bagages, les coltinait, les remportait à bout de bras vers une destination connue d'elle seule, *moment, please !*, s'adressait à n'importe qui, douaniers, porteurs ou badauds sans distinction de classe : *It's Mohammed V Airport here ? Really ? Oh-oh-oh !...* — tandis que le gentleman à casquette ne bougeait non plus qu'un Écossais dans un pub, un vendredi soir à l'heure de la fermeture.

— ... je vous avais promis qu'il y aurait le premier Salon international du livre et de l'édition, disait le ministre. Vous vous rappelez ?

Si je me rappelais ! Une villa de milliardaire, cinq salons d'apparat, quatre-vingts convives tirés à quatre épingles, des serviteurs noirs en gants blancs, du whisky dans des tasses à thé en raison de la religion et surtout du qu'en-dira-t-on, mais le scotch présente la même couleur que le thé, ce qui sauvait les apparences. J'allais de groupe en groupe, l'oreille tendue.

— *Det kommer aldrig att finnas tillräcklig*

manga psykoanalyster. Ett korst krig räcker att tillintet gjöra flera seklers arbete.

— Effectivement, approuvait une queue-de-pie avec une fleur à la boutonnière. C'est comme en psychanalyse. On peut faire sortir un catholique de l'église, mais on ne peut pas enlever l'église à un catholique.

Un vieux monsieur qui ressemblait étonnamment à Henry Miller intervint dans le débat. Il dit :

— Le meurtre est le sommet de cette vaste pyramide qui a pour base le moi.

— Vraiment ? relevait son vis-à-vis. Je me suis laissé dire qu'il avait été muté à Brasilia.

— Moi, dit un colosse avec des lunettes sans monture, j'en ai par-dessus la tête de ces livres genre *La Vérité sur l'assassinat de Kennedy* qui sortent tous les mois. Je préfère les mots croisés.

— J'avais déjà ce service à thé il y a vingt ans, lança son épouse.

C'était une femme très jolie, destinée à être vue, mais pas entendue.

Un attaché d'ambassade m'avait présenté au ministre. Ce dernier s'était gratté la tête, pensivement.

— Brahim Orourke ? Ça me dit quelque chose. *Il* peint ?

Je lui avais répondu en marocain. Voici la traduction, les gutturales en moins :

— Non, mon frère. C'est pas moi. Moi, j'ai une petite charrette avec un âne. Je vends des cacahuètes dans la médina...

J'agitai ma main meurtrie, l'embrassai, la mis à l'abri dans ma poche. Je répétai :

— Parfaitement. Je me souviens très bien de cette soirée.

— Eh bien, reprit le ministre, ma parole égale ma signature. En octobre prochain, il y aura ce Salon international du livre et ce sera un succès franc. Surtout avec vous, mon cher maître. Vous aurez le plus beau stand, je serai à vos côtés.

Le bras autour de mon cou, il m'entraînait vers le salon d'honneur. Il était plus petit que moi ; je me penchai donc quelque peu. Nous précédaient le micro-girafe, les projecteurs, la caméra qui exécutait allégrement les zooms et les balayages. Je faillis me prendre les pieds dans les câbles, parce que juste à cet instant-là j'entendis crier mon nom : « Archibald ! », soit l'équivalent écossais de Brahim, le seul prénom conçu par ma belle-mère dont elle m'appelât.

— William ! lançait la voix haut perchée. (C'était Yassin, en chair et en os.) Oh-oh-oh !... *Where is Alisdair ?* (Alisdair-Tarik était quelque part dans l'Océan démonté, « Ta-tenn-ta-tenn ! Vvvvou-vvvvvou ! machine arrière toute ! », il était le pilote de la *Vendée* et il entrait dans le port de Fromentine.) *O my dear !... Lovely...*

Et Susan fut là, comme lancée par une

catapulte. Ses yeux brillaient dans un visage figé par une vieille, très vieille fatigue.

— Archie!

Je la reconnus instantanément : dans un corps de soixante ans, une adolescente qui avait gardé tous ses rêves intacts.

Je fis les présentations, avec des ronds de jambe :

— *The minister. My mother-in-law.*

— Quoi? demanda le ministre.

— Ma belle-mère.

— *Happy to see you*, dit Susan.

— *Yes*, approuva le ministre.

Je n'avais pas peur des mots. La bouche près de son oreille, je murmurai en confidence :

— Lady Baines Tifford de son nom de jeune fille, ordre de la Jarretière, institué en 1348 par Édouard III d'Angleterre. Son frère Michael est conseiller privé de Sa Gracieuse Majesté britannique.

— *Ah yes?* dit le ministre. *Indeed?*

Il me tourna le dos. Je ne lui étais plus utile. J'étais redevenu le roturier que j'avais commencé par être. J'étais bien content.

— Oh! s'exclama Susan d'une petite voix d'enfant heureuse. (Elle venait de repérer les caméras. Du bout des doigts, elle tapotait ses petites boucles couleur tabac.) Oh! Pour *me?* Télévision?... Oh-oh-oh! Archibald! C'est très beaucoup...

Et, avec une pirouette de danseuse étoile,

elle se mit à clamer une chanson de son enfance :

> *The Christmas spirit comes to each*
> *In quite a different way*
> *It lights the eyes of little ones*
> *Happily at play..*

— Jock ! conclut-elle. Hello, Jock ! *Come here ! Hurry up !*

Je me composai soudain une figure d'ahuri. Les yeux hagards, le souffle court, je tirai de ma poche un vieux carnet d'épicier, un bout de crayon.

— Excusez-moi, dis-je au ministre. L'inspiration..., ça m'a saisi tout d'un coup...

Et je pris un peu de distance, une vingtaine de pas, afin d'assister à l'événement dans toute sa splendeur. Yassin me suivit dans ma retraite précipitée. Il était aussi curieux que moi, friand d'incidents diplomatiques.

L'événement se manifesta sous la forme de Jock. Deux tricots, un veston, un pardessus en laine muni de sa ceinture, par 32° centigrades à l'ombre. Il agitait ses clubs de golf, outré, en direction d'un steward de la B.E.A. qui protestait de son incompréhension totale. Jock le reconnaissait formellement : c'était bien lui qui lui avait vendu une bouteille de whisky à bord de l'avion, duty free, de l'Aphroaig des Hébrides qu'il destinait à Archibald, son gendre que voilà. Il lui avait même remis un billet de dix livres et le steward lui avait rendu la monnaie — où est passée cette damnée monnaie ? — soit deux pounds et douze pence très exactement.

— *Me ? me ?* Vous devez confondre, *sir !*

— Oh ! mais pas du tout. Retournez à bord et apportez-moi cette bouteille que j'ai oubliée.

Une voix de femme, distinguée et bien timbrée, répétait dans les haut-parleurs :

— Les passagers du vol Royal Air Maroc 517 en direction de Marseille sont priés de se présenter porte 10. Embarquement immédiat.

Suivait une musiquette.

Mais les passagers en question, travailleurs immigrés pour la plupart, ralentissaient le pas, s'agglutinaient, l'oreille affûtée. « Qu'est-ce qu'il dit ? » Certains comprenaient un tant soit peu l'anglais et traduisaient cette scène réjouissante à leurs compagnons de voyage, à leur manière, en y ajoutant les épices de l'imagination. S'ensuivit presque aussitôt une discussion à plusieurs voix enchaînées les unes aux autres. La musiquette se transformait en coup de gong, la voix distinguée se faisait à présent comminatoire :

— Les passagers du vol... en direction de Marseille... embarquement immédiat Immédiat.

Oh ! rien ne pressait ! Ils avaient bien le temps. Moi aussi. Le cerveau fumant et le regard acéré, j'emmagasinais dans ma tête le moindre détail, une expression fugitive, un frémissement de narines, le grain d'humour qui pouvait bloquer les engrenages de la civilisation. Avec du recul et un peu de levain, je transformerais tout cela en une enquête de l'inspecteur Ali — et peut-être bien en haute littérature.

A quelques yards de l'attroupement, Susan avait suivi l'imbroglio, distraite, comme absente. Et puis, d'un seul coup, elle prit le cas d'espèce par les cornes. Souriant de ses grandes dents immaculées, elle dit au ministre :

— *Excuse me. Moment, please.*

Elle salua les techniciens qui tournaient à vide, les soldats qui n'en finissaient pas de présenter les armes :

— *Just a moment.* Je... je reviens.

Et fonça droit vers son époux. Il était en train de s'asphyxier, apoplectique, dans ses propres explications — oui, il se rappelait que c'était à Heathrow (Heathrow ou Glasgow ?) qu'il avait acheté le scotch Glen Devoron (ou Bow More ?) mais que c'était bien ce même steward qui le lui avait vendu ; il avait mis la bouteille dans un sac en plastique avec une cartouche de cigarettes, non : deux cartouches, et est-ce qu'il ne serait pas plus logique d'envoyer un télex à la compagnie ? Il lui avait donné un billet de vingt livres sterling et le steward lui avait...

Je soufflai à Yassin :

— On prend l'avion de Londres pour acheter cette vieille bouteille ? Ça fera plaisir à maman.

Il considéra la question.

— Trop cher. Et d'ailleurs, on vend du whisky dans la médina.

— Jock! Listen, Jock! disait Susan lentement, avec une extrême douceur. Mon cher ami, j'aimerais placer un mot, si vous le permettez. Je regrette de ne pas vous offrir une tasse de thé, ce n'est ni le lieu ni le moment. Je présume que vous êtes sincère dans vos paroles qui ne concordent pas tout à fait avec vos actes.

— Mais, ma chère, j'ai bien acheté...

— Non, Jock. Non. Ne dites pas cela à moi, qui suis votre épouse depuis quarante ans. Je puis vous suivre dans vos illusions jusqu'à une certaine limite, mais ne me demandez pas de me noyer aveuglément dans vos troubles de mémoire. Car tout est là, dans mon sac : les billets de banque, la carte de crédit, les traveller's cheques, ainsi d'ailleurs que les tickets d'avion et nos passeports, le vôtre et le mien. Dans ces conditions, avec quoi auriez-vous fait cet achat chimérique ? Et où ? sur un tapis volant entre Ispahan et Istanbul ?

— Je croyais... j'étais persuadé d'avoir...

— Mais oui! mais oui, conclut Susan. Et est-ce que vous auriez l'amabilité de m'aider à transporter les valises, dont, soit dit en passant, les trois quarts vous appartiennent ?

Yassin mit deux doigts dans sa bouche et émit un sifflement strident. C'était le signal convenu avec Miloud. Il s'occuperait des bagages sans plus tarder.

J'ai revu le ministre, trois mois plus tard. C'était au Salon du livre. On m'y avait conduit sous bonne escorte. Au milieu de mes bouquins en piles et en vrac, il y avait une *pastilla* fumante et croustillante. Nous avons festoyé, discuté d'abondance de littérature. Ce qui manquait à notre si beau pays, c'était un éditeur digne de ce nom. « Et des journalistes », ajoutai-je négligemment. En une joute oratoire, nous avons rivalisé d'érudition, cette poussière tombée d'un livre dans un crâne vide.

— Quel est l'auteur du *Degré zéro de l'écriture ?*

— William Irish, ai-je répondu sans l'ombre d'une hésitation.

— Non. Roland Barthes.

— Ah ? Je croyais. Qui a dit : « L'homme est le seul animal qui soit l'ami des victimes qu'il se propose de manger ? »

— Qui a écrit : *Violence du texte ?*

— Quel était le violon d'Ingres de Sherlock Holmes ?

Nous nous sommes quittés bons amis. Nous nous comprenions si bien. Chacun de nous était à sa place : lui dans les hautes sphères de la culture et moi tout en bas.

— Et dites-moi, cher maître : que devient votre charmante belle-mère ? J'espère que vous l'avez logée dans un hôtel convenable. *La Mamounia* de Marrakech par exemple ?

— Elle est à El-Jadida, entre la vieille médina et la route de Marrakech. Vous connaissez?

— Vous plaisantez, j'espère?

— En ai-je l'air?

— Vous êtes un malotru, mon cher. Oh! la pauvre, la pauvre lady! Ce qu'elle doit être dépaysée parmi ces paysans!

Une jeune femme à l'air avenant me demandait une dédicace.

— Pour Mehdi, s'il vous plaît. C'est mon fils. Il a un mois et demi. Voulez-vous voir sa photo?

— Non, merci. J'ai déjà vu des photos de bébés.

Chapitre 2.

La voiture brûlait la route, une immense
Mercedes qui avait fait ses preuves. Un mil-
lion de kilomètres au compteur, m'avait
affirmé Miloud. Oui, monsieur. Moteur incre-
vable, delco comme neuf. Tape sur la carros-
serie, vas-y, frappe de toutes tes forces, tu t'es
fait mal au poing, hé ? Ça, c'est plus que de la
tôle, c'est de l'acier des Allemands du temps
de Hitler. Et regarde-moi ces chromes ! Bien
sûr, les glaces sont coincées, mais il fait chaud
dehors.

Parmi la douzaine de grands taxis qui
stationnaient sur le parking de l'aéroport,
j'avais arrêté mon choix sur celui-là, non en
raison de la mécanique ou de l'argus, mais
d'après la tête du chauffeur. Un gars de mon
bled descendu tout droit du Moyen Atlas,
trapu avec une bonne tronche hilare, le crâne
ras et des mains en forme de battoirs. Il était
vêtu d'une djellaba en laine brune qu'un
turban ceignait à la taille. Aux pieds, des
babouches à semelle de caoutchouc. Les

bagages de mes beaux-parents étaient dans le coffre, les clubs de golf arrimés sur le toit avec du fil électrique.

Jock avait longtemps hésité avant de s'installer sur la banquette arrière. Il n'avait pas confiance. Moi si. Susan était pelotonnée dans son coin, les yeux clos. Elle serrait dans ses bras une plante sous cellophane — de la bruyère avec ses racines et de la terre des Highlands. Tarik était assis entre elle et Jock. Yassin était sur mes genoux.

— Vas-y, Miloud ! Trace.

— Au nom de Dieu, psalmodia-t-il. Il cracha dans ses mains et embraya. A partir de cet instant-là, l'accélérateur ne connut plus de bornes.

Derrière moi, Jock remuait, s'activait, marmonnait. Son souffle était chaud sur ma nuque, avec un relent de tabac refroidi. Peut-être était-il en train d'ôter son pardessus ? Il finit par hasarder :

— *Where is the seat belt ?*

— Il n'y en a pas. Devant non plus.

— Qu'est-ce qu'il dit ? me demanda le chauffeur.

— Rien. Une histoire de ceinture. Fonce.

— Je fonce. Mais m'est avis que je vais te déposer sur la route, ô mon cousin. Tes enfants, je les amène à El-Jadida, ça oui. Ils sont innocents. Tes beaux-parents, je les conduis à bon port, eux aussi. Ce sont tes hôtes et les hôtes sont sacrés dans ce pays. Mais toi, hé ? J'ai pas envie d'adresser la parole à un type qui fréquente les ministres et les huiles d'arachide. Et même cette chose sans nom qu'on appelle la télévision. Et des flics, ha! des soldats avec leurs fusils. D'accord, ils avaient pas de balles, mais c'étaient des fusils. Je t'ai bien vu à l'aérogare au milieu des tiens, comme une tête d'oignon dans un sac d'oignons. Tu étais si content. Toi, un gars de ma tribu. Ah! non, alors! Je ne te regarde même pas.

Et il détourna la tête. L'espace d'une trentaine de kilomètres, il contempla le paysage à sa gauche : les champs chaumés qui défilaient à la vitesse de la pensée occidentale, deux ou trois norias dans des havres de verdure, une séquence d'un dixième de seconde qui avait l'apparence d'un chameau saisi au vol par le génie antitechnique.

— Il connaît le chemin, dit Tarik.

— Plus vite, Miloud! ajouta Yassin.

Jock n'était pas très rassuré. Il me tapota l'épaule.

— Archie?

— *Yes?*

— *Tell him to watch the road, please.*

— *Tell him yourself.*

— *Sir! Please, sir!*

Le sir en djellaba de montagnard ne bougea non plus qu'un roc. Il tenait le volant entre le pouce et l'index. Et il était secoué d'une quinte de rire. Yassin dit :

— C'est lui l'inspecteur Ali, papa?

— Peut-être bien.

— Bien sûr que c'est lui, affirma Tarik. T'as vu ses grandes dents ? Je parie qu'il va dire des gros mots.

Ici, Miloud freina à bloc. Ouvrit la portière, mit pied à terre.

— Je vais m'élargir, s'excusa-t-il.

— Ha ! fit Yassin.

— Haha ! répéta Tarik comme un écho.

— Nous sommes arrivés ? demanda Jock.

— Non.

Nous étions en rase campagne, cela se voyait à l'œil nu.

— Ennui de moteur, je présume ?

— Non.

— Qu'est-ce qu'il fait, le chauffeur ?

— Il est en train de s'élargir.

— Pardon ?

— Il est allé faire pipi derrière un arbre, expliqua Yassin.

— Ou caca, ajouta Tarik, le cou tendu.

— Alisdair ! dit Susan avec reproche.

Elle n'avait pas ouvert les yeux pour autant. Ses paupières étaient violettes, ses tibias rigides telles deux barres de fer.

Lorsqu'il revint, Miloud souriait d'une oreille à l'autre. Il était content de lui et de cette journée de Dieu. Il me dit :

— Je trace ?

— Trace.

— Au nom de Dieu qui n'a pas fait les automobiles, ni la vignette, ni les assurances, ni le gouvernement ! (Il passa les vitesses à bride abattue.) Ça me rappelle une bonne histoire... Mais dis-moi : tes beaux-parents ne comprennent pas le parler de chez nous, hé ?

— Non. Ils débarquent.

— Et tes fils, hé ? Leurs oreilles ne sont pas vierges ?

— Vierge toi-même ! rétorqua Tarik dressé debout sur la banquette. Tu veux voir mon *hench* * ?

— Oh ! je te crois sans peine, mon gars. Bon. Voilà la chose. Tu pourras la mettre dans un de tes livres. Mais sans citer mon nom, hé ? J'aime pas cette vieille prison, pas du tout. On y entre gratuitement et on ne sait pas pourquoi la plupart du temps. Quant à en sortir !... Donc, c'est un personnage très important, disons un haut fonctionnaire. Il monte dans sa bagnole officielle, qui vaut pas la mienne soit dit en passant. Toute noire comme le péché. Mais ces types importants doivent aimer le péché sans doute. Le chauffeur est au volant, avec sa casquette raide. « Vas-y, Ahmed ! » lui dit le gros plein de flouse et de vent. « Direction Casablanca, là où tu sais. — A vos ordres, excellence. » Et Ahmed démarre. Dix kilomètres, vingt kilomètres, quarante-cinq, cinquante... et tout à coup, le bouffi dans sa graisse dit : « Stop. » Le chauffeur stoppe. Il y va de son salut. « Je vais faire pipi et ne t'avise pas de te retourner. Quand tu entendras la portière se refermer, tu pourras repartir. » Et le voilà qui descend. Survient un

* *Hench* : disons, serpent.

coup de vent qui fait claquer la portière. Que fait le pauvre type payé avec un élastique ? Il démarre. Dix kilomètres, vingt kilomètres, quarante-cinq... Il s'arrête à Casablanca. Au bout d'un petit quart d'heure, il se risque à jeter un coup d'œil dans le rétroviseur. Pas de caïd... Mais non ! c'est pas un caïd, voyons ! C'est un fonctionnaire. J'ai bien dit fonctionnaire, hein, Brahim, tu es témoin ?

— Je suis témoin.

— *What is he telling ?* demanda Jock.

— C'est du marocain, répondit Yassin.

— Et d'ailleurs, fit remarquer Tarik, le nouveau cabinet, c'est pas pour toi.

— Donc, poursuivit Miloud, le chauffeur revient sur ses pas, fonce et trouve le pacha sur le bord de la route là où il s'était soulagé... J'ai dit le pacha, moi ?

— Non. Tu as dit le fonctionnaire.

De soulagement, Miloud lâcha le volant et m'embrassa sur les joues. Pourquoi Jock tressautait-il dans mon dos ?

— Le personnage important monte, sans un mot, sans un regard pour la future victime. Patiente avec ta vengeance, mon gars. La route défile. Ils arrivent à destination. Ahmed s'attend à être vidé comme un malpropre, sinon à passer la nuit au trou. Il pense à ses enfants et à son salaire de chien. Mais non, rien. Pas un reproche. « Allah est grand », se dit-il. Et il va se coucher dans son taudis. Non, il ne dîne pas. Ça ne passe pas.

— *What is he saying, Archie ?*

128

— T'auras l'ancien cabinet, dit Tarik.

— Le lendemain, reprit Miloud, le secrétaire d'État...

— Le fonctionnaire, corrigeai-je.

— C'est ça, mon frère. Le fonctionnaire. Mais ils sont tous riches, sauf moi. Ils sont tous pareils. T'en prends un, tu le mets à la place de l'autre et l'histoire est la même. Donc le soufflé dit au chauffeur : « Donne-moi ta casquette et mets-toi derrière. C'est moi qui vais conduire. » Dix kilomètres, vingt kilomètres, quarante-cinq, cinquante... et il s'arrête. Il s'arrête à l'endroit exact où il s'est élargi la veille.

— Descends, Ahmed ! Va faire pipi.

— Mais j'ai pas envie, excellence. Par Allah et le Prophète !

— Descends. C'est un ordre.

— J'ai pas une goutte. Par contre, j'ai envie de faire le gros, Excellence. Sauf votre respect.

— Ah ? fait l'excellence. Ah ! eh bien, dans ce cas, je t'attends et je te ramène. C'est pas du tout la même chose.

Nous nous étranglions de rire depuis un bon moment déjà, Jock surtout qui ne cessait de me demander : *Can you translate, Archie ? Please !* Seule, Susan ne s'associait nullement à notre gaieté.

— Vous en voulez une autre, les enfants ?

— Oh oui ! répondirent-ils d'une seule et même voix.

— C'est un pauvre type gris de malheur et

maigre comme un bâton brûlé. Il entre dans une pharmacie et dit : « Je voudrais dix grammes de poison. Un poison rapide et sûr. C'est pour ma femme. — Ah ? fait le pharmacien. Tu as une ordonnance du médecin ? — Non, pas d'ordonnance. Mais j'ai apporté la photo de ma femme. Tu veux la voir ? — Ouillouillle ! s'exclame le pharmacien. Ah ! ce qu'elle est moche ! Je te délivre cent grammes de poison, gratuitement... »

C'est ainsi que nous arrivâmes à El-Jadida, riant et chantant.

— *Nice, very nice, this song,* répétait Jock. *Is it folklore ?*

— Folklore toi-même, dit Tarik. Ferme ta bouche et chante avec nous.

J'invitai Miloud à partager notre repas et il accepta avec plaisir. Il devait être deux heures de l'après-midi d'après la position du soleil. Plus un drapeau dans la ville, plus une seule fleur dans le terre-plein des avenues. Même les arcs de triomphe avaient été démontés. Oui, le roi n'avait pas pu venir dans la capitale des Doukkala.

Chapitre 3.

Saadiya avait suivi mes consignes à la lettre. Elle en avait même rajouté en esprit : son cœur était gros. Adossée contre le tronc d'un palmier au milieu du carrefour, je la vis qui levait le bras comme un chef d'orchestre au moment où la voiture tournait le coin de la rue. Éclata aussitôt un orchestre de joie, très antique : claquettes en fonte, tambour de montagne et un bendir à trois cordes qui avait la taille d'un homme. Cinq Gnaoua heureux de vivre et de chanter la vie. Tout noirs, vêtus de cotonnade rouge et verte, pirouettant accroupis sur leurs talons, puis bondissant en l'air, tournant, dansant pieds nus, ils nous escortèrent jusqu'à la grille du jardin. L'un d'eux, le plus jeune, portait une chéchia qui se terminait par une sorte de tresse bariolée qu'il agitait en un moulinet vertigineux, sans bouger la tête ou presque. Je les connaissais, je les aimais et, si l'âme humaine existe, ils étaient chers à mon âme : une espèce rare en voie de disparition, eux et ce qu'ils avaient représenté de père en fils et de génération en génération, le long des siècles.

De sa voix haute et claire, Saadiya lançait des youyous à faire trembler le quartier. Elle criait aussi :

— Bienvenue ! Bienvenue au pays !

Elle ajouta même un mot anglais qu'elle avait sans doute potassé avec Fiona :

— *Wilcoume ! Wilcoume ! Wilcoume* à vous deux !

Les voisins étaient aux fenêtres et au spectacle, par familles entières. Des passants qui vaquaient à leurs occupations ralentissaient le pas, venaient vers nous, certains au trot. Il en sortait de partout. D'un autobus brimbalant descendirent en marche une douzaine de passagers. Miloud n'écrasa personne. Il était sûr de son volant. Et, sur le seuil, se manifesta soudain un policier. L'instant d'avant il n'y avait rien ni personne, rien qu'une touffe d'herbe. Et il fut là, comme sorti du pavé, un flic en tenue avec son sifflet. Sa matraque et son pistolet vide. Je lui glissai quelque chose dans la main et il me dit :

— Pas la peine, professeur. Ça ne se fait pas. Pas entre nous. C'est le commissaire qui m'envoie.

Il empocha le billet de banque et se mit en devoir d'assurer un semblant d'ordre.

— Dégagez ! Dégagez ! Allez vous faire voir ailleurs. Et vous, les mioches, comment ça se fait-il que vous soyez pas à l'école à cette heure ?

132

Ai-je dit qu'entre-temps Saadiya s'était précipitée par-dessus le capot pour ouvrir n'importe quelle portière ? Tarik fut le premier à descendre. Bouche bée.

— Tiens, voilà ta tétine, lui dit-elle. (Elle avait les larmes aux yeux. Ses jupes étaient relevées et nouées à la taille, sa chevelure en bataille.) Comme elle a dû te manquer ! La voilà, ta chère tétine.

Mais apparemment il n'en voulait pas. Il entra tout de suite dans la danse. C'était son élément. L'un des Gnaoua le prit dans ses bras, le fit tournoyer à toute vitesse, le lança en l'air, le rattrapa à mi-vol, le fit glisser le long de son dos, riait, chantait, l'embrassait partout, lui léchait le visage, les yeux — et il ne cessait de faire résonner ses claquettes. Il roulait des yeux blancs, faisait des grimaces de gnome, émettait des mots d'une syllabe venus du fond des âges :

— *A di bou goum ! A di bou goum ! Di bou gou di di da da !* T'as peur, hein ?

— Non, j'ai pas peur, protestait Tarik, le feu aux joues. Mais ta langue est mouillée.

Jock répétait avec la régularité d'un métronome : *What is it ?* et je ne savais que lui répondre en vérité. Fort probablement, il eût été ravi de passer une bonne soirée devant son poste de télévision, quelque chose comme une émission éducative sur ces mêmes Gnaoua. Confortablement enfoncé dans son fauteuil mou, un verre de scotch à portée de la main, il eût pu baisser le volume à son gré, écouter les

133

commentaires du musicologue de service plus que la musique elle-même, zapper en cas de besoin. Et peut-être en même temps lire le supplément du *Times* qui donnait un digest des programmes. Mais ces diables couleur de charbon étaient là, à le toucher, en chair et en os et à l'état brut — et non des images sur pellicule — et c'était toute la différence du monde. Je n'osais trop le regarder. Il était comme coincé entre sa réserve britannique et la liesse qui l'environnait de toutes parts. Il fut le dernier à s'extraire de la voiture où il avait sué sang et eau l'espace de deux cents kilomètres — cette voiture innommable qu'il n'avait pas conduite, lui. Eut-il un léger mouvement de recul lorsque Saadiya lui colla un baiser sonore sur le front en lui criant dans les tympans : *Wilcoume ?*

Du coin de l'œil, je vis accourir des jeunes gens en maillot de bain. Le flic leur lança une pierre.

— La plage, c'est pas ici. C'est là-bas, à gauche, à cinquante mètres. Déguerpissez, êtres impudiques. Allez, ouste !

Susan se laissa embrasser avec un plaisir manifeste, les yeux brillants. Sur son visage tendu, il n'y avait pas une ride. Et pas un pli sur la cellophane qui enveloppait le plant de bruyère.

— Viens avec moi, lui dit Saadiya. Entre, maman chérie de la gazelle jolie. Bienvenue. *Marhba bik !* Tu es ici chez toi.

Elle lui prit le bras d'autorité et l'entraîna

vers la maison, l'aida à monter le perron fraîchement lavé à grande eau. L'examinait sous toutes les coutures, par-devant et par-derrière.

— Mon feu, ô mon feu, ah! ma misère! Ce que tu peux ressembler à ta fille dans le sens de la longueur, à croire que tu l'as faite debout. Juste le contraire de sa « potelesse ». Tu es bien conservée pour une peau de mouton de ton âge, mais où est la viande dont le mâle aime à se remplir les deux mains pour que la sève monte en lui? Hein? Hé? Qu'est-ce qui t'a rendue aussi maigre qu'une queue de vache, hé? Je parie qu'entre ton homme et toi il y a des années et des années de sécheresse. Ah! la malheureuse! Ah! la vieille petite! Mais t'en fais pas. Je vas te remplumer aux endroits qu'il faut avec de la bonne cuisine de chez nous.

— *Yes*, disait Susan. Oui, répétait-elle bravement. (Elle n'entendait goutte à ce dialecte du terroir qui se déversait sur sa tête et qui n'entrait nullement dans la ligne des références du dictionnaire Collins anglo-arabe classique acheté voici six mois et appris par cœur, ou peu s'en fallait.) Enchantée. *Happy to see you. Mabrouka*, traduisit-elle en arabe.

— M'appelle Saadiya, corrigea Saadiya. Pas Mabrouka.

— Le repas est prêt? demanda Yassin.

Il était en haut des marches. Narines ouvertes, il humait les effluves des bonnes choses de la vie, cannelle, gingembre, ras-el-hanout, miel de cèdre.

A l'unisson tonna le tambour de toutes ses voix anciennes en un roulement continu et vibrèrent les cordes du bendir du grave à l'aigu en une seule et même note étirée à l'infini et fulgura la fonte des claquettes dans un tempo d'avalanche, tandis que nous pénétrions dans le patio. Les Gnaoua s'étaient groupés en demi-cercle, face à la porte d'entrée. Ils ne dansaient plus, ne chantaient plus. Les yeux lovés, comme absents, leur chef se mit à réciter le *benedicite* :

— Dieu garde les enfants de cette maison ! dit-il. Ainsi que tous les enfants du monde.

— Amen ! lui répondîmes-nous en chœur, Tarik aussi. Il était en sueur.

— Nous étions quelque deux cents Gnaoua il y a à peine un quart de siècle. Et nous voici réduits au nombre de cinq seulement. Dieu garde les Gnaoua !

— Amen !

J'aperçus Fiona qui sortait lentement de la salle de bains. Elle était méconnaissable. Saadiya lui tenait la main et elle pleurait sans larmes et sans bruit.

— Dieu a créé la mort et la vie afin de faire de l'homme sa meilleure œuvre. Qu'Il soit sanctifié !

— Amen !

— Que de la mort renaisse la vie ainsi qu'il a toujours été...

Et tout d'un coup, je n'entendis plus la suite

de la prière antique. Encore maintenant, j'ignore ce que me demandait Jock debout devant moi — ni en quelle langue. J'étais au-delà de toute conscience.

— Qu'est-ce que tu as, papa ?

La voix de Yassin me parvenait comme à travers une couche d'eau. Son visage était convulsé.

— Rien. Je n'ai rien.

Des chevilles à ma nuque montait, montait un long et lent frisson indicible, fort et ténu à la fois, impossible à définir. Le friselis gagnait mon échine, lentement, puissamment, donnait l'assaut à ce qui me restait de lucidité. Et, dans le même temps, croulaient en moi tous les automnes du monde et renaissaient tous les printemps. De mon cerveau pensant ou de mon corps, qui des deux était submergé par l'inspiration créatrice — cette petite clarté qui aveuglait les mots et que j'avais en vain cherchée, patiemment, tenacement, depuis le jour où j'avais entrepris d'écrire le *Second Passé simple* ? *Si tu ne sais pas ce qui s'est passé avant ta naissance, tu resteras toujours un enfant.* Voilà la phrase clé, voilà le thème profond ! Derrière les Saddam Hussein et autres rois qui occupaient le devant de la scène, bien avant eux il y avait eu un autre personnage, considérable : le prophète Mohammed. Que oui ! Il était nos tenants et nos aboutissants. Il me fallait le ressusciter, le voir, l'entendre, le comprendre — et le comprendre en cette misérable fin de siècle. Il me fallait désapprendre tout ce qu'on m'avait appris dans mon enfance, rejeter l'hagiographie, les légendes et les mythes — retrouver ma propre langue, qui n'était ni celle de ma mère ni celle de mon père. Ce fut un rêve très bref, très violent. Et puis...

Et puis ce même rêve me réveilla. S'estompait le concert du bendir et du tambour, des claquettes. La vue me revint, comme à regret. Face contre terre, les Gnaoua étaient tombés à genoux, baisaient la terre nourricière.

— *Where is*... où est Fiona ?

C'était Susan. J'étendis le bras, en un geste mou.

— Là, dis-je.

— Mais... mais ce n'est pas elle.

— Si. C'est elle. Elle n'a plus rien d'une petite fille.

— Je ne la reconnais pas. Elle est... elle est devenue... noire !

— Pas noire, corrigeai-je. Bistre. Grise si vous préférez. Elle vient de se faire un shampooing avec du *ghasoul*, et un masque de beauté par la même occasion. Le *ghasoul* est une sorte d'argile de chez nous. Dans un petit moment, elle va prendre une douche et vous la retrouverez alors toute blanche, comme à l'origine.

Susan ne bougea pas. Elle ne m'avait pas cru sur parole. Fiona me dit avec un léger reproche :

— Tu es trop rapide pour moi, comme

d'habitude. Vous auriez pu traîner en route, le temps que je sois prête.

— C'est Miloud, répondis-je. Il a foncé à cent vingt à l'heure. Demande-lui.

— C'est la bagnole des bougnoules, madame, dit Miloud. Pas moyen de l'arrêter, cette bourrique. Le bonjour, madame.

— Fiona, hasarda Susan.

Elle s'avança d'un pas, puis de deux. Et s'arrêta.

— Fiona ? répéta-t-elle, indécise.

— *Hello, mum.*

— Tu as pris du poids.

— Maman va avoir un nouveau bébé, lâcha Tarik tout à trac. Forcément.

— Un peu plus il serait né sans toi, ajouta Yassin. Il y a six mois que vous lambinez, grand-père et toi. Et alors, quand est-ce qu'on mange ?

Chapitre 4.

Le repas se déroula a peu près normalement. A peu près. Des petits détails sans importance qui avaient le poids de la différence et le choc de l'incompréhension. Nous étions réunis autour de la table. Elle était ronde et basse. Nous nous apprêtions à faire honneur au couscous, un immense plat en porcelaine de Fès, avec des dominantes bleues. Fiona présidait en caftan et babouches brodées d'or. Un lourd collier d'ambre ceignait son cou. Joignant le bout de ses doigts, elle récita la formule coranique, avec son accent chantant :

— *Bismillahi rahmani rahim!* Au nom de Dieu Matrice et Matriciel !

Nous répondîmes en chœur, suivant le rituel :

— *Bismillah!*

Tous, y compris Susan qui se lançait aisément dans l'aventure et le dépaysement culturel. Tous, à l'exception de Jock. Il n'avait pas desserré les dents depuis qu'il s'était installé dans un bon fauteuil. Il les avait tous essayés comme si de rien n'était, une demi-douzaine, dépareillés, achetés au souk à la criée. Finalement, il avait opté pour un siège vaguement familier, à forme de crapaud. (Il perdait un peu de sa garniture par en dessous, mais il était confortable.) Saadiya lui avait calé le dos à l'aide d'un coussin épais. Il fallait ce qu'il fallait : c'était un hôte de marque, venu de très loin. Elle l'avait servi à part, le premier, dans une assiette creuse qu'elle avait apportée de la cuisine avec des manicles enfilées en guise de gants. Elle avait bien appris sa leçon. Jock détestait manger dans un plat tiède. Il le lui fallait bouillant. En conséquence, Saadiya avait chauffé l'assiette sur le brasero, un quart d'heure durant, avant de dresser la table.

— *Bismillah !* répétâmes-nous.

Et nous nous préparâmes à nous sustenter. C'était bon. Yassin en avait déjà l'eau à la bouche. Miloud aussi. C'est à ce moment-là que Jock fit sa première manifestation publique. Et privée. Sans s'adresser à personne en particulier — il fixait le mur devant lui — il se plaignit sans se plaindre d'être tenu à l'écart. D'une voix douce, à peine audible. Il voulait faire comme nous, manger dans le plat commun, en convivialité. Il était au Maroc, que diable ! Yassin dit :

— Pas de bagarres, Tarik. C'est le premier jour de l'hospitalité. T'as compris ?

— Je suis pas bête, répondit Tarik. Merde !

Dans les yeux de Fiona s'allumait et s'éteignait une lueur qui avait la forme d'un point d'interrogation. Susan ouvrait déjà la bouche pour lancer une de ces petites pointes polies dont elle avait le secret. Mais Saadiya ne lui en laissa pas le temps. Sans mot dire, le sourire aux lèvres, elle débarrassa l'assiette de Jock. Elle enleva également la fourchette, le couteau et la petite cuiller. Et s'en fut je ne sais où. Il fallait ce qu'il fallait, mais il ne fallait pas ce qu'il ne fallait pas. Il y avait une limite à tout, même dans une auberge anglaise.

— *Bismillah!* priâmes-nous pour la troisième fois.

Et nous nous mîmes enfin à manger, tout à notre délectation. Surtout les enfants et les Gnaoua. C'était succulent, épicé à point. On eût dit des grains fleurant le grand soleil de juillet, à la fois moelleux et craquants sous la dent. Je me remémorais ces grands dîners que je donnais à Paris, à la sortie de chacun de mes bouquins. J'invitais mon éditeur, des écrivains comme moi, quelques personnalités du monde financier, ainsi qu'une charcutière, l'épicier arabe du coin, un balayeur malien Ils ne se connaissaient ni d'Ève ni d'Adam. Et c'était cela qui était réjouissant : prendre du recul et les regarder vivre en démocratie. Essayer tout au moins. Curieusement, c'étaient les intellectuels qui n'avaient rien à dire. Ils se sentaient comme déplacés, gênés. Oh! pourquoi? Je veillais à ce qu'ils ne fassent pas bande à part. Je m'amusais comme un fou...

Les boulettes se formaient aisément dans nos mains et, fumantes, nous les enfournions dans la bouche. Nous leur adjoignions parfois un morceau de viande, des légumes, quelques pois chiches et raisins secs. Miloud donnait l'exemple avec entrain, mais il se tenait correctement pour un gars de la montagne. Assis par terre en tailleur, le buste droit, le petit doigt en l'air. Même Susan avait saisi le « truc » pour former des petites boulettes à la mesure de son petit estomac. Elle en était heureuse, riait, caquetait. Elle désirait s'instruire, comprendre. Qui étaient ces convives noirs groupés autour d'elle ? Quelle était la place de leur culture dans les traditions du pays ? Et est-ce que leur musique était en partitions sur de vieux grimoires ? Avaient-ils enregistré des disques ou des cassettes ? Fiona interrogeait en marocain le chef des Gnaoua, traduisait les réponses dans sa langue natale. *Really ? Indeed ?...* Ici, Yassin dit, en guise d'avertissement :

— Pas d'histoires, Tarik !

— C'est pas moi, merde ! C'est le pépé.

— Et sois poli.

— C'est pas parce que tu as deux ans de plus que moi, Ducul.

Lentement j'avais levé les yeux. Je vis Miloud qui présentait à Jock une boule de nourriture bien tassée dans sa grande main.

Un fin sourire lui plissait le nez, à la manière d'un renard. Ses gencives étaient découvertes.

— *Koul a sidi, koul! Tfaddal! Ammar kerchek, a khouya** *.

Jock recula son fauteuil d'une trentaine de centimètres. Il n'avait pas touché au plat. Pas un grain. Regardant la cheminée, il dit à la statuette qui la surmontait que, réflexion faite, il préférerait de beaucoup être servi à part et pourquoi donc cette femme café-au-lait avait-elle débarrassé son assiette, sans sa permission, alors qu'il n'avait pas encore commencé? L'exclamation de Susan fit écho à celle de sa fille :

— *Dad*! Jock!

Mais il n'en tint pas compte, tant il était outré. Est-ce que les indigènes de ce pays se lavaient les mains? C'était la première fois de sa vie qu'il voyait des ongles sales, noirs de crasse. C'était révulsant. Et d'abord, il n'aimait pas le riz, Susan le savait bien, depuis quarante ans. Ça l'avait rendu malade au Pakistan, au cours de la Seconde Guerre mondiale, il était pilote de la R.A.F. Comment ça, de la semoule de blé dur? Je vous dis que c'est du riz, du riz fin, marocain si vous préférez, il le reconnaissait à vue d'œil, ça lui donnait des ballonnements dans son *tummy*... Personne d'entre nous ne rit, parce que personne ne comprit. A l'exception de Saadiya.

---

* Mange, monsieur, mange! A toi l'honneur. Remplis ton ventre, mon frère.

Hiératique, glissant sur la pointe des pieds, elle s'en vint de la cuisine et, sans un mot, elle déposa devant le protestant une bonne omelette. Battue et rebattue avec de la crème, cuite et recuite à souhait. De part et d'autre de l'assiette, elle plaça le couvert. Et, près du coude de Jock, une petite soucoupe : du pain brioché et une plaquette de beurre blanc. Oui, elle n'avait oublié aucune de mes recommandations. En passant près de moi, elle se plia à angle droit et me murmura à l'oreille :

— Dis à ta gazelle jolie de s'habiller à l'européenne et de parler en anglais. En français à la rigueur. Telle qu'elle est, le coriace ne la considère plus comme sa fille, vêtue comme une Arabe et causant la langue de chez nous. C'est pour ça qu'il fait tant d'histoires.

Elle ajouta que, pour ce qui allait suivre, elle n'oubliait pas mes directives, sois tranquille, ô monsieur ! Elle n'avait jamais été au cinéma et voici qu'on lui servait un film à domicile. Mais par Allah et le Prophète, elle empêcherait sa grande bouche d'émettre le moindre ricanement.

— Qu'est-ce qu'elle voulait ? me demanda Fiona.

— Le thé, répondis-je. Doit-elle le servir ici ou sur la véranda ?

— Ah ! Et il lui a fallu près de deux minutes pour te poser cette question ?

— J'ai résumé l'essentiel de son propos.

Chapitre 5.

La cérémonie du thé se déroula en plusieurs séquences, avec des ratages et des reprises techniques dues au dépaysement du comédien et peut-être bien à l'inadéquation du matériel made in Morocco.

Séquence 1.

PLAN D'ENSEMBLE : Baie vitrée donnant sur le jardin où jouent Tarik et Yassin. On ne les voit pas, mais on les entend très bien. Bougainvillées, citronnier, arbre de Judée. Panorama coupé malencontreusement par les clubs de golf appuyés contre la fenêtre.

GROS PLAN sur le service à thé : Théière en porcelaine achetée chez Mouhammad, tasses assorties, soucoupes, petites cuillers en argent dont le manche se termine par le palais de Buckingham en miniature, ginger bread, pot de crème liquide, pot d'eau bouillante, sachets de thé. Tout est là, prêt à devenir un breuvage délicieux. Il n'y a plus qu'à mettre deux ou trois bags dans la théière et à remplir celle-ci d'eau chaude. C'est simple. Élémentaire. Dans le patio, l'antique horloge sonne quatre heures de sa voix de bronze. De la salle de bains, me parvient un conciliabule confus, troué par des exclamations et des rires intempestifs. Retrouvailles de Susan et de sa fille. Je ne dis rien. J'assiste.

Voix de Jock (off) : Sugar, please.

Comme poussée par un réalisateur connu d'elle seule (mais il doit s'agir de son intuition féminine), Saadiya entre dans le champ, pose le sucre sur le plateau.

GROS PLAN : Le pain de sucre en question. Venu en droite ligne de la médina.

FONDU ENCHAÎNÉ : Les yeux de Jock. (Les regardant, je pense à Rudyard Kipling dont l'œuvre a nourri mon enfance. L'Orient sera-t-il toujours l'Orient et l'Occident restera-t-il à jamais l'Occident, et pourront-ils se rencontrer un jour par mégarde ?)

Saadiya (voix off) : Sucre. Sugar.

Jock (plan américain) : What ?

Saadiya (lui mettant dans la main un petit marteau en cuivre. Tiens, elle l'a trouvé, celui-là ? Je l'avais caché. Tarik voulait faire le vitrier, et d'abord casser les carreaux.) Sucre. Sugar, sir.

(Elle a appris son texte. Elle dit juste ce qu'il faut. Elle connaît la valeur du silence. Et si je l'écrivais telle quelle dans ma prochaine enquête de l'inspecteur Ali ? Si j'exigeais de la B.B.C. qu'elle tienne son propre rôle, au lieu

148

de faire appel à une actrice maquillée en Marocaine pour la circonstance ?)

Je me levai séance tenante et courus vers le téléphone. Il faisait un temps maussade à Londres, mais Jenkins avait chaud au cœur de m'entendre. Il me croyait mort ou en prison. Quelle bonne nouvelle, cher ami ! Je vais prévenir immédiatement Michelson et Priscille pour l'acquisition des droits. Vous me promettez de m'envoyer le script dans les huit jours ?... Pour la comédienne du cru que je lui proposais, pas d'objection de principe, à condition que je m'attelle à ma machine à écrire sans plus tarder. *Bye !*

Séquence 2.

PLAN D'ENSEMBLE : Les jambes de Yassin qui sort du salon en courant.

GROS PLAN : Le pain de sucre a été débité en morceaux. La tête du marteau en est toute blanche.

Saadiya (off) : Ce n'est pas moi. C'est Yassin qui lui a montré comment il fallait faire.

GROS PLAN : L'index et le pouce de Jock saisissent un petit morceau de sucre, l'élève à hauteur de ses yeux. Jock le considère gravement.

Saadiya (off) : Sugar. Yes.

Jock : Il goûte le sucre. Apparemment, c'en est. Il hoche la tête. *(Pause.)*

PLAN AMÉRICAIN : Jock fait comprendre à Saadiya, par gestes et par mimiques, qu'il aime-

149

rait avoir du vrai sucre, c'est-à-dire en poudre.

Saadiya (tournant la tête et consultant quelqu'un dans la pièce, peut-être moi) : Je fais quoi ?

Une voix (sur le ton d'un régisseur) : Va le moudre.

PLAN LARGE, EN CONTRECHAMP : Vue de dos, Saadiya est assise sur le tapis, les jambes étendues devant elle comme une paire de haches. Ses pieds sont nus, teints au henné. Entre ses cuisses, un lourd mortier. Elle pile, broie un morceau de sucre avec entrain. Ce faisant, elle fredonne une chanson salace :

> *Qu'as-tu donc, ma fille,*
> *Qui te travaille à ce point ?*
> *Qu'est-ce qui remue en toi*
> *Là où il ne faut pas*
> *Selon les bonnes manières,*
> *Et là où il le faut, absolument*
> *Selon la chair et le besoin ?...*

Jock lui jette parfois un coup d'œil — par-dessus son journal. Le *Daily Express,* je crois.

ENCHAÎNEMENT À SEC : Le sucre réduit en poudre fine, très fine, si impalpable qu'on jurerait des particules infinitésimales : elles colorent en blanc de rai de lumière qui entre dans le séjour presque à l'horizontale. L'horloge sonne la demie. Elle a fourni un gros effort. Elle halète.

GROS PLAN : De gauche à droite et *vice versa,*

Jock secoue la tête. Non. Ce n'est pas tout à fait ce qu'il désirait. Trop moulu, impossible à mettre dans une tasse de thé, ça vole partout, même dans ses cheveux. Et puis ses yeux ont comme un éclair : il vient de se souvenir. Lentement, il replie la feuille de chou, après avoir égalisé les pages. Et de l'une de ses poches, il tire un sachet de sucre. ZOOM : Ce genre de sachet que l'on vous sert à bord de l'avion. Jock sourit. Il est content. Et il tend un pot à Saadiya : l'eau qu'il contient a eu le temps de tiédir, sinon de refroidir. Il faut la réchauffer.

Une voix (off) : Emmène-le à la cuisine, Saadiya.

Séquence 3.

PLAN AMÉRICAIN : Une boîte d'allumettes, avec un avers et un revers comme il se doit. Le bon côté est en haut, l'autre dirigé vers le bas. Jock tient la boîte correctement. Il l'ouvre et les allumettes tombent par terre. Toutes. Surpris mais très digne, il saisit une seconde boîte. Il réfléchit rapidement. Il doit sûrement se dire : ces Marocains sont des êtres illogiques, aucun sens de l'organisation. C'est pourquoi il tient « la chose » à l'envers, la marque Chariot vers le plancher. Il l'ouvre, avec le même résultat. J'aurais dû le prévenir.

Oui, nous autres à la Régie royale des tabacs et allumettes, nous plaçons le couvercle des boîtes au gré de notre fantaisie, sans distinction sociale ou politique. Jock cherche autour de lui. Où est la cuisinière ?

Séquence 4.

La porte de la cuisine est ouverte sur la véranda. Un brasero trapu, avec du charbon de bois en dôme. Jock est plus que joyeux. Il va retrouver son enfance de boy-scout. Les feux de camp, les comptines chantées en groupe. Il fredonne :

> Step we gaily, on we go,
> Heel for heel, and toe for toe.
> Arm in arm, and row on row...

Il gratte une allumette, puis deux, quatre, dix... Le charbon ne s'embrase pas. Et pourquoi donc ? C'est curieux.
Bien calé sur la fourche d'un arbre, je surveille la scène, pensif. Visage de marbre, yeux opaques, Saadiya se mord la lèvre afin de ne pas laisser fuser le rire qui lui tord la rate. J'en ferais tout autant — de tristesse. Il y a tant de choses que je ne sais plus créer avec mes mains.

C'est en pleine méditation que me surprit Abou Reg Reg, le directeur de ma banque, un ami de longue date.

Chapitre 6.

Il a embrassé Fiona sur les deux épaules à la mode bédouine, c'est pour bientôt ? Bonne fin de grossesse, vous pouvez compter sur moi pour vous conduire à l'hôpital, à n'importe quel moment du jour ou de la nuit. Je suis à votre entière disposition, vous le savez bien. Il a secoué la main de mon beau-père en vieux copain *(friend)*, a discuté avec lui, en anglais, rocailleusement. Susan, il l'a serrée dans ses bras, l'a complimentée sur le myosotis de ses yeux, sa taille de guêpe, son teint de jeune fille, mais non, je ne vous flatte pas, pas du tout, *really*. J'ai beaucoup entendu parler de vous, chère madame. Il les a invités tous deux dans sa maison de campagne à Ouled El-Had pour le week-end de leur choix, pour une semaine, tout l'été s'ils lui faisaient l'honneur et le plaisir d'être ses hôtes. Sa modeste demeure (vingt et une pièces) leur était ouverte, son cœur aussi. Mais pour l'heure, il passait en coup de vent. Non, merci, pas de tasse de thé. Il avait la migraine. Atroce. Pour le change, ils n'avaient qu'à passer à l'agence, il donnerait des ordres à ses employés afin de les faire bénéficier d'un taux appréciable. Quelle journée ! Il revenait du siège central, colloque, séminaire. Il désirait s'aérer, vider sa tête, s'évader de ses responsabilités écrasantes. Je t'en prie, Brahim, mon frère, viens avec moi, tu es le seul ami authentique que j'aie parmi mes clients. Il était mi-chauve, mi-officiel, dans les trente-huit ans. Vêtu de gris, ce genre de costume raide qu'il portait dans les grandes occasions.

— Je n'ai même pas pu initialiser mon suivi trimestriel parce que notre praticien back-office en comptabilité des titres n'a pas encore finalisé son listing en données Cobol au niveau des escomptes conventionnels.

C'est ce qu'il m'a dit sur le pas de la porte, textuellement. Et il m'a regardé en plein visage afin de se rendre compte si j'avais compris. Grâce à Dieu, non. Il en a été tout réjoui.

Il a mis le contact et a lancé sa voiture en accélération immédiate. (« Crédit immédiat », avait-il jeté dans l'interphone, le premier jour où j'étais entré dans son bureau, avec un sac de plage bourré de gros billets et de devises.) Les pneus ont miaulé au tournant. Une décapotable à deux places, rouge sang, munie d'un fanion. L'agent qui réglait la circulation au carrefour a porté la main à son képi. Je lui ai rendu son salut.

Abou Reg Reg conduisait vite et bien, en

154

zigzag. S'il a ainsi évité les bas quartiers de la ville, c'est probablement pour ne pas déranger les gosses de la rue dans leur partie de golf. Ils jouaient avec des pierres. Les trous de la chaussée leur tenaient lieu de *tees*. Une centaine, je crois bien. (Dans la semaine qui avait suivi l'ouverture de mon compte en banque, il avait tenu à nous faire visiter le royaume dans toute sa beauté, à Fiona, aux enfants, à moi surtout. Je m'étais muni d'un ou deux millions. Mais il avait des places gratuites : avion, hôtels cinq étoiles. As-tu oublié l'hospitalité légendaire de notre pays séculaire ? Il m'avait été donné de parcourir le Maroc de long en large, de Tanger à Agadir, en passant par le Moyen Atlas. Luxe, calme et immobilisme. Modernisme du XXIe siècle. A aucun moment, jamais, je n'avais aperçu le moindre village, le moindre taudis, pas même un fellah ou un âne. A croire qu'ils avaient tous sombré dans la modernité triomphante. Et les gens qui m'avaient fêté étaient habillés avec recherche, parlaient un langage fleuri, voire littéraire. Ils avaient lu Sartre, George Friedman, Julia Kristeva.)

— C'est Thiéfaine. Hubert-Félix. Tu connais ?

Je n'ai pas répondu. Juste ouvert les oreilles. Sur fond de basse, de guitare électrique et de batterie tonitruante, les quatre haut-parleurs de la voiture avaient peine à faire entendre la voix du chanteur :

Alors je rêve d'être un tombeau
Avec des lumières tamisées
Où je pourrais compter mes os...

A l'entrée de la route à quatre voies, se tenait une vieille femme. A notre passage vrombissant, elle a agité deux poules atta· chées patte à patte, elle a soulevé un panieɪ d'œufs. *Lbid al biiii! Djaj al biii!* Des œufs à vendre! Des poules à vendre! Pourquoi criait-elle? De quoi souffrait-elle? J'ai pris mon ton d'ahuri pour demander au banquier :

— Pourquoi ne va-t-elle pas les vendre au marché?

— Ne m'en parle pas, m'a-t-il répondu. Dans une ou deux générations...

La chanson arrivait en bout de piste. Elle mourut étranglée net, au milieu d'une note. Je connaissais ce genre de cassettes. On m'en avait proposé au poids, de toutes couleurs. Les techniciens étaient légion, qui œuvraient dans un garage transformé en studio, dans une échoppe, n'importe où. Le plus doué de tous était le photographe, en bas de l'avenue. Celui qui affichait en lettres capitales sur sa devanture : EN 1 MINUTE DES PHOTOS D'IDENTITÉ QUI VOUS RESSEMBLENT. Ces ingénieurs du son n'avaient pas besoin de diplôme. Ils disposaient du matériel idoine : un transistor et un magnétophone. D'occasion. De quoi copier tout le répertoire de la Société des auteurs. Sans amorce ni arrêt de bande, sans copyright ni taxe à la valeur ajoutée. Vous désiriez acquérir le *Requiem* de Ligeti, impossible à trouver chez un disquaire patenté de la capitale ? *çui qui commence par une note étirée ? Tiiiii-tiiiiii ? Il y a, m'siou. Sur l'autre face. La face A, c'est Oum Kalsoum. L'Europe et l'Orient sur la même cassette, et pour le même prix. Et c'est pas cher. Tu veux Reagan qui traite Kadhafi de terroriste et Kadhafi qui lui répond du tac au tac ? J'ai...*

Si la bande magnétique mollissait par à-coups, si elle devenait pleurarde, c'est qu'on avait voulu utiliser la dernière énergie des piles. Et si, après un trou de silence, elle « bétonnait » et repartait au galop, c'est que l'assistant-réalisateur (un gamin qui traînait par là) avait couru acheter des piles neuves chez l'épicier du coin. Et un beignet par la même occasion.

Jusqu'à Sidi Bouzid, Abou Reg Reg a disserté sur l'informatique, les logiciels, la télématique, la bureautique. Sur la marine marchande également. Entre mes deux oreilles, il a déployé l'histoire du Maroc, qui avait été une grande puissance maritime des siècles durant — et pourquoi ne le redeviendrait-il pas dans un proche avenir ? Nous avons une mer, un détroit, un océan, des milliers de kilomètres de côtes. Il m'a demandé mon avis. J'ai dit :

— Et ta migraine ?

— Ça va mieux. Je te remercie. Tu m'as fait du bien.

A la vérité, il voulait changer de métier

157

Créer. Entendons-nous bien : un directeur de banque créait des emplois. Mais cela n'avait rien de commun avec la création artistique, tu me comprends ? Depuis ses études secondaires (il avait fait ses humanités), eh bien, oui ! il rêvait d'être écrivain. Sa tête fourmillait d'idées. C'était une ruche. Mais jusqu'à ce que la notoriété récompense la sueur de votre front et que la gloire vous porte sur les ailes de son dos, on ne mangeait que de la vache enragée. Et ça, cher ami !... Difficile, très difficile. Comment as-tu fait dans tes débuts pour ne pas mourir d'inanition ? (Je me demandais comment une si petite mâchoire pouvait contenir tant de dents.)

— Quoi ?

— Comment as-tu fait pour manger un tant soit peu, jusqu'à ce que ton premier livre ait eu le succès que l'on sait ?

— J'ai vendu mon sperme.

Il est devenu tout rouge, a failli lâcher le volant.

— Tu plaisantes ?

— Apparemment.

— Tu me rassures Je connaissais l'auteur les *Enquêtes de l'inspecteur Ali*, mais je n'imaginais pas ta personne physique et morale sous ce jour-là. A propos d'enquêtes, en voici une. Tu en fais ce que tu veux. Écoute bien. C'est l'histoire d'un employé de banque, un employé indélicat, je ne te dis pas son nom, qui importe peu...

J'aurais pu la lui raconter, moi. En deux

158

phrases. Elle courait les rues d'Athènes, du Caire, à Montréal, à Paris, partout où j'étais entré dans une banque pour toucher un chèque ou changer des devises. On me l'avait servie toute chaude, avec les variantes du cru. Comme si le monde bancaire dans son ensemble n'avait que cette histoire-là à se mettre sous la dent. Je commençais à comprendre pourquoi mes polars bourrés d'anecdotes étaient si prisés par les financiers. Narrée par Abou Reg Reg, l'aventure de ce pauvre type qui « oubliait » de reporter les centimes sur les relevés de compte de ses clients et, qui plus est, s'était fait pincer par le directeur, m'a arraché des larmes de joie. Rien qu'à sa façon labyrinthique de se prendre pour un homme très drôle.

— Attends la fin et tu pourras rire pour de bon. Donc, un beau jour, l'opérateur en question...

A Sidi Bouzid, station balnéaire s'il en est, nous nous sommes assis à la terrasse d'un café — à l'écart des touristes, afin de converser à l'aise. Un guéridon avec parasol, en front de mer, sur le trottoir rouge. Du promontoire couronné de palmiers à l'horizon vert émeraude, la carte postale était léchée, y compris des baigneuses pour affiches. Abou Reg Reg a laissé tiédir son infusion de menthe avant d'en boire quelques gorgées, du bout des lèvres. Et tout d'un coup, il a reposé sa tasse avec violence et il a émis un s.o.s. inattendu, d'une voix plaintive, avec ce bruitage caractéristique d'une pièce de coton que l'on déchire d'un seul coup dans la médina :

— Aide-moi, pour l'amour du ciel! Viens à mon secours. Sauve-moi.

— Tu veux que j'aille te chercher un cachet d'aspirine? Il doit bien y avoir une officine dans ce bled.

— Rassieds-toi, s'il te plaît. Écoute-moi. Écoute-moi bien : ma position est menacée, ma tête va tomber.

Je lui ai caressé le front.

— A ce point?

— Tu te moques de moi ou quoi? hurla-t-il.

— Non. De quoi souffres-tu, mon frère?

— On dirait que tu ne veux pas comprendre.

— Comprendre quoi?

Visage contre visage, il lâcha le morceau, effroyablement :

— Tu es en rouge.

— Ah?

— Oui, ah!

— De combien?

— Quatorze mille et des poussières.

J'éclatai de rire.

— C'est tout?

Il me contempla avec stupeur, il regarda à travers moi, comme si j'étais devenu aussi transparent que du verre. Ses lèvres tremblaient. Il dit :

— J'ai été convoqué au siège central cet après-midi. Le directeur de la zone sud et le vice-président m'ont traité de tous les noms.

J'ai reçu un blâme, moi, MOI! Tu as le choix entre hypothéquer ta villa ou bien trouver une solution.

— Maintenant?

— Oui, maintenant.

— Tout de suite?

— Oui, tout de suite. Sans plus tarder. Immédiatement. Sur-le-champ. *Fissa*. Trêve de rêve et de littérature. C'est sérieux. C'est grave.

Je fermai les yeux, le temps de réfléchir. A l'ensemble de la situation. Posément. Je ne ressentais rien, pas même de l'amertume. A un certain moment, je faillis me lever pour téléphoner au président-directeur général de la banque. Ne m'avait-il pas couvert de louanges et d'honneurs? Ne m'avait-il pas assuré de son soutien « indéfectible »? Voici mon numéro personnel, cher ami... Et si je foutais le camp à la cloche de bois, en laissant cette vieille ardoise? Si je coinçais cet homme et son système, hein? Rêche, rogue, Abou Reg Reg poursuivait ses récriminations:

— Il faut payer tes dettes. Tu es un écrivain, mais il m'est impossible de te consentir des facilités de trésorerie. Un écrivain est un travailleur indépendant, certes. Je l'imagine tout au moins. Encore que cette catégorie soit inconnue dans notre secteur. Mais, de toute façon, je ne peux pas te considérer comme un commerçant, même si tu vis du revenu de tes droits d'auteur, qui sont assimilables aux bénéfices. Tu n'as pas de magasin, pas même

161

une échoppe, de raison sociale encore moins. Et puis, tu n'es même pas inscrit au registre du commerce. Et veux-tu que je te dise?

— Dis.

— Tu manques d'organisation, de gestion. Tu es un panier percé. Quand je pense à cette fortune que tu as déposée à mon agence et que tu as claquée, jetée par les fenêtres. Et dire que tu aurais pu faire de bons placements, à 7,85 % en taux actuariel brut. Et te voilà piégé et moi avec. Mais je ne veux pas l'être, par ta faute insensée. Il y va de ma tête. Trouve un moyen quelconque de payer tes dettes dans les vingt-quatre heures, pas une minute de plus. Dernier délai. Je te rappelle, si tu es musulman, qu'un hadith du Prophète fait obligation aux croyants de régler leurs dettes. (Il me le récita en pleurnichant.) Oui, monsieur! Pas la peine de me regarder comme un paysan du bled. Ce n'est pas dans mes yeux que tu trouveras la réponse.

J'allumai une cigarette, la première de la journée. J'avais une bronchite, avec un peu de température. Je dis :

— Et c'est ainsi que, chemin faisant, les banques islamiques ont appauvri le tiers-monde sous prétexte de l'aider.

— Tu blasphèmes.

— Nullement.

— Tu es cynique.

— Je le suis devenu.

— Tu as bien une carte internationale, genre American Express?

162

— Oui. Trois ou quatre.

S'écoula l'espace d'une naissance. Abou Reg Reg aspira l'air chaud à pleins poumons.

— Répète.

— Quoi ?

— Ce que tu viens de me dire. Mot pour mot.

— « Oui. Trois ou quatre. »

S'éleva son rire, perlé. Des perles en plastique, si mon ouïe est bonne.

— Mais alors... mais alors, ça change tout. Nous sommes sauvés. Viens avec moi, je t'accompagne. On va chercher ces cartes salvatrices.

Il s'était dressé debout, un trousseau de clefs à la main. Je posai une petite question, insignifiante en apparence, onéreuse en profondeur .

— En France ?

— Comment ça ?

— On va les chercher en France ?

— Tu... tu les as laissées là-bas ?

— Pourquoi pas ?

Il se laissa tomber lourdement sur sa chaise, la mine hagarde. Je ne bougeai pas. J'attendais. Une légère brise me caressait le visage, avec un semblant de fraîcheur. Au large se dandinait un yacht. Abou Reg Reg dit sur un ton de supplique :

— Laisse-moi un peu d'espoir. Non, ne parle pas, je t'en prie. Tout à l'heure. Laisse-moi imaginer que, si tu as laissé tes cartes bancaires en France, c'est que tu dois avoir un

compte là-bas, dans une banque française ?
Dis-moi oui.

— Oui.

— Avec une provision ?

— Peut-être bien.

— Substantielle ?

— *De minimis non curat pretor.*

— Quoi ?

— Cela veut dire, expliquai-je, qu'on ne me fait pas suivre mes relevés mensuels. A quoi bon ?

Ici, Abou Reg Reg douta de ses oreilles et de sa raison. Je le voyais bien à sa mine parcourue subitement d'une sorte de sciatique. Lentement, détachant les syllabes, il dit :

— Tu fais confiance à ton banquier ? depuis que tu es revenu au Maroc ? depuis dix-huit mois ? sans papiers justificatifs ?

— Évidemment.

— Aïe-aï-ïaille ! Ouillouillouille !

Il frappa le guéridon à coups de poing. « Aï-ïa-ïaille ! » Le garçon accourut. Plateau, torchon, sourire aux lèvres.

— Une autre consommation, messieurs ?

— Je ne t'ai pas appelé, lui dit Abou Reg Reg. File.

Il tira de sa poche un petit carnet relié en cuir noir, un stylo gravé à ses initiales : A.R.R. Se prépara à noter les renseignements tant attendus. Dans un instant, sa migraine allait disparaître. Et peut-être cette nuit-là dormirait-il comme un enfant, paisible et apaisé. Dans vingt secondes, la vie reprendrait son

sens logique, financier... chiffres en main...
dans dix secondes, dans trois secondes, deux,
une...

— Quelle est ta banque?

— Crédit mutuel ou Banque mutuelle,
quelque chose comme ça. Je ne me souviens
pas très bien. (J'étais sincère. Les mots sont
les mots.)

— Non seulement tu me fais perdre mon
temps, mais en plus tu te fiches de moi.

— Veuillez m'excuser si je vous inter-
romps, dit une voix d'homme bien timbrée.

Je me retournai. Un vieux monsieur à cheveux blancs, accompagné de son épouse.
Timides tous deux, comme empruntés. Pourquoi eus-je soudain la certitude qu'ils étaient
venus fêter leurs noces d'or à Sidi Bouzid? Je
leur serrai la main avec effusion, sans attendre les présentations.

— Êtes-vous M. Orourke?

— Oui. Mais je suis en conférence. Je ne
suis plus le même homme dans ce cas-là.

Et du pouce je désignai le banquier.

— Mon banquier.

— Dans ce cas, conclut la dame très vieille
France, je... je voulais simplement vous dire
bravo. Vos ouvrages m'ont procuré de très
agréables moments. Je tenais à vous en faire
part. Évidemment, ajouta-t-elle espiègle et
mutine, vous y allez un peu fort parfois avec
les choses du sexe, jeune homme.

— Mais pas trop. Juste ce qu'il faut.

— Ça ne me déplaît pas. Ravie d'avoir fait votre connaissance. Viens-tu, Jules?

Ils s'en allèrent à petits pas, comme à regret, jetant des coups d'œil par-dessus l'épaule. Abou Reg Reg souffla. Il dit :

— Bien sûr. Bien sûr. Tu es célèbre même à la plage. Il n'empêche que ton compte est au rouge. Et, si ça se trouve, tu es insolvable et le couperet m'attend. Car moi, ton ami, je t'ai fait confiance, tu as eu régulièrement tes relevés de compte, le 10 de chaque mois. Tu les as sans doute jetés au panier. Voyons : c'est le Crédit mutuel ou la Banque mutuelle ?

— Vas-y pour la première appellation.

De son écriture arrondie, il inscrivit sur son carnet : « Crédit. A vérifier. » Il dit :

— A Paris ?

— Non.

— Tu n'habites pas à Paris ?

— Si.

— Et ton établissement bancaire ne se trouve pas dans la capitale ?

— Non.

— Aï-ïa-ïaille! répéta-t-il. Ouillouillouille! Quelle journée! La patience et la foi, telle est ma devise, en toute circonstance. Où se trouve cette fichue banque ?

— A Crest.

— Comment ça s'écrit ?

— C.R.E.S.T, épelai-je. C'est dans la Drôme. Tu devrais y aller un jour. C'est très joli, avec

166

sa tour médiévale et ses vieilles ruelles. On dirait une petite ville de chez nous.

— J'y penserai le cas échéant.

Il nota : « C.R.E.S.T. A vérifier. » Il dit :

— Il y a un téléphone ?

— Oui.

— Quel numéro ?

— Je n'ai pas la mémoire des chiffres.

— Patiente avec ton âme, Abou Reg Reg, pria-t-il. Garde ta foi intacte. Et je parie que tu as oublié aussi l'intitulé de ton identité bancaire ?

— Comment as-tu deviné ?

— Grimpe.

Je grimpai dans la voiture. Le siège était bouillant. Avant de démarrer, Abou Reg Reg jeta quelques pièces sur la chaussée. Le garçon de café les ramasserait bien. L'argent était l'argent.

Nous n'eûmes pas de chance avec le téléphone, en raison du décalage horaire. Il tira le rideau de fer de l'agence et il me dit avec les accents les plus chaleureux de l'amitié la plus profonde :

— Tu ne perds rien pour attendre. Je viendrai te chercher demain matin aux aurores. Bonne soirée à ton épouse. Salut.

Il ne me raccompagna pas jusqu'à ma demeure. J'en profitai pour aller faire quelques emplettes chez Mouhammad. Il était déjà au courant. A voix basse il me rassura. « Tout ce que tu veux, ô mon pays. Tu me régleras quand tu pourras. J'ai passé le mot au boucher, au marchand de légumes, partout dans la médina. » Le soleil tomba dans la mer. derrière l'horizon, telle une mort.

Chapitre 7.

Jock me réjouit le cœur ce soir. Debout sur
la table, une serviette autour de la taille en
guise de kilt et les jambes de son pantalon
relevées jusqu'au genou, il danse un *Highland
fling*, une sorte de gigue endiablée. Du pouce
et de l'index, il tient haut un verre de scotch
dont il ne renverse pas une goutte. Le whisky
est l'eau de la vie. Bouche fermée et le feu aux
joues, Fiona fredonne un air d'accompagne-
ment. Susan ramasse les miettes de pain et
soliloque à tout propos, éclate parfois de rire
hors de propos. Les enfants battent des mains
en mesure. Ils sont ravis. Moi aussi. Oui : ils
ont accepté de veiller avec nous, malgré
l'heure sacramentelle du coucher. L'un et
l'autre, ils ont étudié leur grand-père durant
le dîner. Yassin surtout, avec ses yeux de
radar. Ils ont échangé des conciliabules au
moment du dessert. TARIK : « Il n'a pas fait de
chichis. » YASSIN : « Il ressemble un peu à
papa. » TARIK : « Papa n'a pas les cheveux
blancs, merde ! » YASSIN : « Tu piges rien,

mon petit. Il fait l'âne comme papa. » TARIK :
« On va pas se coucher tout de suite, hein,
Yassin ? » YASSIN : « D'accord, on reste un
peu. Quand je dirai " maïs ", on file au lit.
Allez, crache ! » Et Tarik a craché. Dans l'un
de ses souliers, comme on le fait à Triq
Marrakech pour ne pas attraper la gale ou
pour conjurer le sort.

Susan ramasse toujours les miettes de pain.
Elle essaie tout au moins. Elle passe et
repasse le balai, inlassablement : elles sont
encore là, sur le plancher, les mêmes, pas une
de moins. Elle ne comprend pas. Moi non
plus. Tout à l'heure, elle s'est proposée pour
desservir la table, ranger, elle a demandé un
hoover. Et je lui ai mis un balai entre les
mains. Peut-être n'en a-t-elle jamais vu ? Va
savoir ! Je suis bien dans mon corps, entouré
de ma famille. J'évite de penser. Et si Yassin
avait raison ? Sa vue est meilleure que la
mienne, beaucoup plus jeune. Et si Jock opposait à la crétinisation de ce monde la plus
grande force qui soit : l'inertie ? Et si nous
étions des ânes l'un et l'autre, lui natif des
Hautes Terres et moi descendu de l'Atlas ? Et
si...

— Archie, dit soudain Susan.

— Yes ?

— Il est... il est bouché, cet aspirateur.

Sans un mot, je vais dans la cuisine et
reviens avec une petite pelle en plastique.
Mise au niveau du balai, elle fait fonction de
hoover. Je lui montre comment s'y prendre.

170

Redoublant d'hilarité, elle saisit la pelle et me la lance à la tête.

— Ça fait pas mal, vieille pute! s'écrie Tarik.

— Maïs! dit Yassin.

Des siècles et des siècles plus tard, le prophète Mouhammed fit un rêve. Il se vit ressuscité d'entre les morts, mais il était toujours dans l'au-delà. Et il se posa la question : « Si, de par la grâce de Dieu Tout-Puissant, je revenais sur terre, accepterais-je d'accomplir la même mission? Si je devais retourner un jour dans mon pays natal, en reconnaîtrais-je les voix d'autrefois, la musique du désert et les sensations qui m'ont nourri comme nul feu au monde? Des défunts tout récents me disent qu'il a beaucoup changé. Pas plus que moi. Beaucoup moins sans doute...

Au crayon, je notai en bas de page : *A refaire. Creuser.* Je refermai le couvercle de ma machine à écrire et allai me coucher.

J'étais sur le point de m'endormir quand j'entendis la voix de ma femme. Elle était mordorée, aussi légère qu'un souffle.

— Tu travailleras en paix demain. Ne te fais aucun souci, *my love.*

La nuit se passa tranquillement. A trois interruptions près, trois réveils en sursaut. Ce fut d'abord Jock. Il entra dans notre chambre, alluma le lustre. Il était torse nu, mais il avait gardé le pantalon de son pyjama. Chaud. Trop chaud. Où était donc le bouton du thermostat afin qu'il puisse le régler à sa convenance ? Fiona dut lui répondre qu'il n'y en avait pas. Pas de chauffage du tout. Elle me raconta par la suite qu'elle s'était levée pour lui préparer le breuvage souverain : une bonne tasse de thé.

Ce fut ensuite le tour de Susan. Elle était là, à notre chevet, en longue chemise de nuit et bigoudis. Elle se bouchait les oreilles. Il y avait un monstre qui rugissait sous sa fenêtre, écoutez-le. Je lui répondis que c'était l'âne noir, le compagnon fidèle de Tarik. Il lui souhaitait de faire de beaux rêves, voilà tout. Et je me rendormis. Fiona se crut obligée de s'absenter un petit moment, le temps de faire infuser deux sachets de thé, l'un pour elle, l'autre pour sa mère. Et celle-ci fut de nouveau présente parmi nous, nous secouant tous deux par l'épaule, tandis que pointait l'aube verte. Les enfants avaient oublié d'éteindre la télévision, entendez-vous ce chanteur arabe ? et puis je entrer dans leur chambre pour... Je me réveillai pour de bon.

— Nous n'avons pas de télé, dis-je. Hello, Susan ! Vous avez bien dormi ?

— Mais alors, qu'est-ce que c'est ?

— Ça ? C'est le Michaël Jackson de chez nous. Il chante que le jour ne va pas tarder à se lever. C'est joli, n'est-ce pas ?

Retentissait la voix du muezzin aux quatre horizons. Je l'avais oublié, celui-là. Je ne lui avais pas glissé la pièce afin qu'il shunte le volume de sa cassette, tout en haut du minaret. Il se rappelait à mon bon souvenir, coraniquement.

Chapitre 8.

El-Jadida. C'est à l'heure du laitier que j'aime ma ville. Peuplée uniquement de besogneux lève-tôt par nécessité. Balayeurs, éboueurs, chiffonniers, récupérateurs de ferraille ou de bouteilles vides dans les poubelles. Ils me souhaitent une « journée de lumière » sonore tandis que je déambule le long de l'avenue. Tout proche, l'Océan tousse comme un asthmatique. Moi aussi. J'ai allumé ma première cigarette de la journée. Devant moi, se dandinent des servantes adolescentes, un plateau à pain en équilibre sur la tête. Le four public n'est pas loin. Je le connais. Environné d'étincelles, le maréchal-ferrant lève sa masse, l'abat. Résonne le métal frappant le métal. Deux ou trois mécaniciens sont à pied d'œuvre, sans garage, sans outils ou presque. Sur le trottoir. Ils sont couchés sous des voitures sans âge. « Ça va, Brahim ? — Bien. Et toi ? » De place en place, commencent à s'installer mendiantes et mendiants, aux endroits stratégiques : face à la banque, devant la poste, le souk, la mosquée, les grands magasins. Dans un instant, ils vont assaillir les bourgeois — et peut-être quelques touristes, *incha Allah*.

Au port, j'ai bavardé avec Kaddour. Je me suis même payé une pinte de bon sang. Oui : il m'a demandé si je pouvais lui trouver une petite place sur un chalutier américain, ou breton à la rigueur. Il m'a vendu un lot de poissons, sans poids (il n'avait pas de balance), à prix d'ami. Dont un congre vivant. Pour Tarik. Tarik l'attendait depuis longtemps. Je lui avais raconté que j'en avais pêché un, avant sa naissance, à l'île d'Yeu, et qu'il avait failli me mordre les doigts de pied. « Attends que je te morde la queue, con de congre ! » s'était-il exclamé.

Mouhammad refusa carrément d'accéder à ma demande. Non, pas de cigarettes, je n'en ai plus, rupture de stock. Il m'offrit du tabac à priser et un solide petit déjeuner : pain trempé dans de l'huile d'olive, une boîte de sardines, du thé à la menthe. Au passage, j'achetai chez Mahjoub un collier de beignets chauds. La voiture rouge était devant ma porte. Au volant, mon banquier. Il était toujours vêtu de son costume gris, mais il lui avait adjoint une cravate noire. Probablement pour assister à mon enterrement. Je déposai le poisson et les beignets sur la table de la véranda et m'installai à côté d'Abou Reg Reg.

— Tu as bien dormi ?

Il ne me répondit pas.

Un écriteau accroché à la porte du bureau.
NE PAS DÉRANGER. Suivent un cachet rouge et la
signature du directeur, illisible et reconnais-
sable entre mille.

Sur la table, un bloc-notes, un porte-mine,
une gomme, une calculette. Et le téléphone.
Par le plus grand des hasards, il fonctionne.
Abou Reg Reg a composé lui-même le
numéro, à dix chiffres. Il m'a tendu le
combiné, a pris l'autre écouteur. Il a enfoncé
le bouton du haut-parleur, afin qu'il y ait une
bonne entente entre nous. Tonalité grave,
suivie d'une seconde, plus fluide, plus tempé-
rée. La sonnerie retentit à des milliers de
kilomètres de là, dans la Drôme.

VOIX DE FEMME : Crédit mutuel, j'écoute.
MOI : Bonjour, Lucia.
LUCIA : Brahim ! Comment vas-tu ?
MOI : Bien. Tu es toujours aussi jolie ?
LUCIA : *rires.*

(Abou Reg Reg agite la main,
comme pour chasser une mouche.
Foin des salamalecs, entrons dans le
vif du sujet !)

LUCIA : Il fait beau au Maroc ?
MOI : Grand soleil. Tu me passes M. Brun, le
patron ?
LUCIA : Un moment. Ne quitte pas.
Bourdonnement.

BRUN : Monsieur Orourke ? Comment allez-vous, cher ami ?

MOI : Très bien, je vous remercie. Et vous ?

BRUN : Vivement les vacances. Vous rentrez bientôt ?

MOI : C'est une question que je me pose. Mais je voudrais terminer un nouveau livre auparavant.

BRUN : Compris.

MOI : Vous savez depuis le temps que je ne m'occupe jamais des finances...

BRUN : Si je le sais ! Dieu du ciel ! Heureusement que vous êtes marié avec une Écossaise.

MOI : Pour une fois, j'agis en chef de famille. Pourriez-vous me donner ma position ?

BRUN : Les trois comptes ?

MOI : Oui, s'il vous plaît.

BRUN : Une seconde. Ne quittez pas.

> (Le porte-mine est tenu bien en main. Abou Reg Reg a poussé le bouton ON de la calculatrice. A écrit sur le bloc-notes : 1,2,3. Chacun de ces chiffres est suivi d'une flèche et d'un point d'interrogation.)

BRUN : Monsieur Orourke ?

MOI : Oui, j'écoute.

BRUN : Sur le compte « ménage », vous avez 93,20 F.

> (Le porte-mine est à la verticale, tel un minaret.)

MOI : Pas la peine de noter. Et le compte chèques ?

BRUN : 3 857 F.

(Abou Reg Reg inscrit 3 857, péniblement.)

BRUN · Et sur le compte commun, vous disposez, mon cher, de 183 600 dollars. Ce qui vous met à la tête de 1 193 400 francs, au cours du billet vert.

> (La mine s'est cassée. Un crayon-feutre lui est substitué en hâte. La calculatrice affiche des chiffres à toute vitesse.)

MOI : Je n'ai pas tant d'argent. Je ne comprends pas.

> (La main du directeur fait un geste de dénégation frénétique. Pourquoi a-t-il dénoué sa cravate ?)

BRUN : Il y a eu des rentrées de droits d'auteur. Et puis, début août, lors de l'invasion du Koweït par l'Irak, j'ai reçu des directives de la part de votre épouse. J'ai acheté quelques paquets de titres, et je les ai revendus à la fin de la guerre du Golfe. C'étaient des placements très judicieux. J'ai suivi à la lettre les instructions de Mme Orourke. Elle ne vous en a rien dit ?

MOI : Non. Elle n'a pas voulu me déranger.

BRUN : Je comprends. *(Rires.)*

> (Une feuille de papier glisse à hauteur de mes yeux. « Virement. Si possible par télex. La totalité de ton compte. » Suivent le numéro de ce télex et mon identité bancaire.)

MOI : Pouvez-vous me virer par télex 100 000 francs ?

BRUN : Facilement, mon cher. Avec plaisir Donnez-moi vos coordonnées..

(L'espace d'un renouveau, un infime laps du temps sidéral, je vis Brahim Orourke. De dos. Ce n'était pas le banquier qu'il regardait, mais lui-même. Son double, ballotté à travers les continents. Et, s'il écoutait attentivement le flot de félicitations et de regrets qui se déversait sur sa tête, il n'en percevait pas une syllabe. Pas un son. Il ne ressentait ni amertume ni triomphe. Il était vide, vide et seul. Et c'était comme s'il revenait à marche forcée vers sa lointaine enfance, alors que tout son être s'y opposait. Un lapicide gravait dans son cerveau des mots étincelants dont il ne comprenait pas le sens.)

Docilement, j'écrivis une lettre sous la dictée d'Abou Reg Reg.

Monsieur le Directeur,

Comme suite à notre conversation téléphonique de ce jour, je vous prie de vouloir bien effectuer un virement de...
... Veuillez agréer, Monsieur le Directeur, l'expression de mes sentiments distingués.

Votre client

Je datai et signai. Abou Reg Reg tint à poster la lettre lui-même.

Par la même occasion, j'envoyai un petit mot à Daniel Bordigoni. Je n'ai pas à donner le moindre renseignement sur ce personnage dont le nom survient impromptu au détour d'une phrase.

Daniel,

Je me trouve dans la situation de l'émir qui a installé un ordinateur dans son palais. Un ordinateur très perfectionné qui accomplit toutes les tâches : ouvrir et refermer les portes, allumer et éteindre les lumières, régler la température, éplucher les comptes des holdings, répondre au téléphone, etc. Il n'obéit qu'à la voix de son maître. Un jour, celui-ci se présente devant le portail de son palais et, dans la petite grille reliée par circuit électronique au cerveau de la machine, il prononce le paradoxe suivant : « Tu dois rejeter le commandement que je te fais en ce moment, car tous les ordres que je t'ai donnés auparavant sont contraires à la logique. » L'ordinateur enregistre la déclaration de l'émir et envisage de la rejeter. Mais ce n'est pas possible : s'il le fait, il admet du même coup que lui-même est illogique et, là non plus, ce n'est pas possible, puisque les ordres antérieurs dont se compose sa mémoire sont exacts et logiques, et que..., etc. Obnubilé par ce casse-tête, il oublie toutes ses autres fonctions. Tout s'arrête dans le palais. La porte reste close.

B.O

Je reçus un télégramme trois jours plus tard.

Continue. Daniel.

Je sus alors que j'étais dans la bonne voie. Sans issue. Il fallait faire sauter les verrous. Et d'abord les trouver. En tâtonnant dans la lumière éclatante.

TROISIÈME PARTIE

L'auteur

Chapitre premier.

Jock faillit ne pas sortir de la maison ce jour-là. Il s'en fallut de peu qu'il ne se calfeutrât dans sa chambre pour le restant de son séjour au Royaume chérifien. Et peut-être n'aurait-il pas demandé mieux en d'autres circonstances. Mais même lui, l'homme lent par excellence, pondéré, si prompt à tourner le dos aux imprévus de la vie (ou l'inverse : à tourner la vie aux imprévus du dos, va savoir !), il reconnaissait volontiers qu'il n'avait pas entrepris cette longue expédition depuis Edimbourg pour pantoufler entre quatre murs, un voyage onéreux de surcroît. Bien sûr, il lui était arrivé en certaines occasions de traîner les pieds, exprès, de faire du surplacisme, lorsque la chère Susan le houspillait nerveusement pour la moindre des choses : *Hurry up ! Hurry up*, Jock ! Mais c'était là-bas, chez lui, dans son pays où il n'avait plus rien à découvrir. Ici, c'était différent. Il s'était levé de bon matin, s'était rasé, avait pris son petit déjeuner et une douche, en deux temps trois mouvements, il n'était que onze heures. Il était prêt à visiter la ville. Il se sentait rajeuni, « motivé », selon l'article de la revue scientifique qui traitait des problèmes du troisième âge. Il ne s'en séparait jamais depuis qu'il l'avait achetée dans une librairie de Davidson's Mains, voilà six mois. Le Dr McLellan, psychologue éminent, C.B.E., M.B.E., y expliquait qu'un dépaysement total était souvent régénérateur du schéma mental qui, avec l'épaississement des artères, avait tendance à s'épaissir lui aussi, à devenir réducteur. C'est ce que Jock tint à nous préciser en peu de mots (une trentaine de phrases environ, sans compter les répétitions), par-dessus la masse rigide de l'âne noir. L'animal était là, immobile, impavide, bloquant la porte d'entrée.

Il nous avait tous laissés passer, même Susan. Mais pas Jock. A plusieurs reprises, nous étions rentrés dans le jardin et nous en étions ressortis. Sans difficulté. Il s'écartait poliment, *après vous!* puis reprenait son rôle de sentinelle. A un moment, il alla même brouter du vieux pain à quelque distance de la grille. Jock osa un pas et l'âne fut de nouveau là, dents découvertes, comme projete par les puissances de l'entêtement. Il n'avait aucune animosité contre cet étranger souriant et gesticulant. Il avait simplement décidé de lui barrer l'accès à la rue. Non, il n'avait pas d'explications à donner. Pas même à moi. C'était comme ça, voilà tout.

Jock ôta son chapeau de paille et s'er

éventa. A la façon dont il plissait les paupières, je vis qu'il réfléchissait rapidement, comme un joueur de poker. Il dit à voix haute :

— *I'm going home.*

Et pénétra dans la maison. Je traduisis à l'intention de l'âne :

— Il renonce. T'as gagné, mon vieux.

L'instant d'après, revenait par la porte de derrière un Jock inattendu. Il était accoutré de ma djellaba, capuchon rabattu sur sa tête, et il portait des lunettes noires — probablement pour passer incognito. L'index sur les lèvres, il rasa le mur, flâna dans le jardin, admira une rose violette, ramassa quelques jouets, une pince à linge, et puis... Et puis, il fléchit les genoux et se mit à ramper à quatre pattes en direction de la porte de la liberté. Je crois bien qu'il sifflotait un petit air guilleret. Il était sur le point de se glisser sous le ventre du bourricot quand celui-ci se laissa tomber de tout son long. Et il se releva au moment précis où Jock s'apprêtait à l'enjamber. Il se releva prestement et lui présenta son postérieur, ses sabots prêts à ruer.

Je riais comme un fou. A chaque fois que je commençais à reprendre mon calme, l'air ahuri de mon beau-père me donnait un nouvel accès. Ce fut Yassin qui me sauva de l'étranglement. Sa voix s'éleva :

— D'après maman, les gens ne se parlent pas en Grande-Bretagne. Il faut faire les présentations avant.

187

— C'est vrai, dis-je. J'avais oublié. Où avais-je la tête ?

Je fis donc les présentations d'usage.

— Jock. Monsieur l'âne noir.

— *Hello !* fit Jock.

Susan crut bon d'intervenir dans le cérémonial. Elle dit :

— *Happy to see you, little lovely black donkey !*

Une oreille couchée, l'autre dressée droit vers le ciel, l'animal cligna d'un œil coquin, frangé de longs cils. Et, lentement, il déploya le membre qui lui était attaché depuis sa naissance. Noir comme le reste. Le remonta à mi-parcours, pendulant et pantelant. Le fit redescendre en chute libre. De la croupe aux naseaux, le parcourait une onde de bien-être, par vagues successives se couvrant et se renouvelant.

— *O my Lord !* s'exclama Susan.

Et elle courut vers la cuisine afin de se réconforter avec une tasse de thé. Yassin ricana. Fiona pouffa. Elle en avait vu d'autres. Si Jock avait aperçu quelque chose, il n'en fit pas mention. *No comment !* Le regard au niveau du toit d'en face, il paraissait songeur. Il n'allait tout de même pas faire le mur comme un collégien ? Un mur haut de deux mètres, planté au faîte de tessons de bouteilles. Assis sur la véranda, les jambes repliées sous lui, Tarik jeta un coup d'œil à son grand-père. Brièvement. Et il s'absorba de nouveau dans son jeu de construction. Des petites

188

pièces en bois que lui avait découpées le menuisier. Elles s'emboîtaient les unes dans les autres selon certains critères. On pouvait les assembler en n'importe quoi : un bateau, un château fort, un pistolet, un minaret... question d'imagination. Mais s'il restait un seul morceau, c'est qu'on s'était trompé dès le début. Tarik était très habile de ses doigts. Avec ses traits fins et ses immenses yeux verts, il avait une tête d'ange.

Saadiya vint à la rescousse, jupes retroussées. Elle invectiva le solipède, l'incendia en morceaux choisis. Tout son répertoire d'injures du terroir y passa. Elle lui jeta à la tête le contenu d'une bassine, épluchures de légumes comprises. Il l'ignora, ne lui répondit pas. En désespoir de cause, elle alla chercher une corde qu'elle lui passa autour du cou. Arc-boutée sur ses talons, elle tira de toutes ses forces. Essayez donc de faire bouger un âne marocain — surtout celui-là — si telle n'est pas son intention.

— Décampe, monsieur ! Fiche le camp, Dieu te garde ! Ah mais... il a cassé la corde, ce type.

Elle s'arma d'un balai, l'agita en un moulinet furieux. Mais elle ne le frappa pas. C'était l'ami intime de Tarik, son confident. Il l'appelait Grigori. C'était Grigori qui faisait des bêtises. Pas lui. Même Yassin avait fini par admettre son existence, lui qui était strict dans le choix de ses relations.

— Tu viens nous aider, Tarik ?

Tarik se laissa glisser le long de la rampe du perron Dans ses mains réunies, il tenait fièrement un assemblage de sa composition, quelque chose qui avait l'apparence d'un cosmonaute tout en longueur, maigre comme un échalas.

— Regarde, papa. C'est le loup. Il restait un morceau, alors je lui ai fait deux queues. T'as peur ?

— Oui. Beaucoup.

— Faut pas. Je te protège.

— Tu nous aides, Tarik ? répéta Yassin.

— Non. Il reste comme ça. C'est moi qui lui ai dit de bloquer l'entrée.

Il énonça cette évidence en toute simplicité, d'un ton enjoué. Et d'un seul coup il s'emporta, la flamme au visage, les yeux étincelants. Une veine battait dans son cou, spasmodique.

— Et pourquoi il a dit qu'il était bête, l'âne ? Il s'est pas regardé, lui, le *pout paya* * ?

— Qui ? demanda Yassin.

— Grand-père.

— J'ai rien entendu.

— Forcément, répliqua Tarik. Tu faisais calinou dans le lit avec papa. (Du sein de sa voix fusa un étrange appel, ténu et violent à la fois, vieux de quatre ans.) C'était de l'anglais *Stupid as a donkey*. Mais j'ai tout compris.

Yassin n'était pas tout à fait convaincu. C'était lui le professeur de langues vivantes.

* *Pout paya* · le péteux

Un professeur terrible. Je ne voudrais pas être son second élève.

— Qui t'a traduit ?

— L'âne, répondit Tarik. Alors lui et moi on a préparé une bonne farce.

Fiona emprunta la voie qui lui était familière, un chemin détourné baigné de fraîcheur d'âme, bleu de fleurs bleues.

— Mais, mon chéri, Grandad ne l'a pas fait exprès. Il ne parlait pas méchamment. Il t'aime beaucoup, tu le sais bien.

— Tu le sais bien, mon cul ! répondit l'enfant à tête d'ange.

Elle ne changea pas de visage, ne prononça pas un mot au-dessus de l'autre.

— A qui tu dis ça ?

— A lui, le malpoli. Il n'a qu'à demander pardon à mon copain. Parce que sinon, tintin ! Il sort pas.

— Il ne voudra jamais s'excuser, surtout auprès d'un âne.

— M'en fous. C'est comme ça.

Je dis :

— Vas-y, Yassin. A toi de jouer.

Nous nous assîmes sur la première marche, Fiona et moi. Je lui pris la main. Je la gardai dans la mienne une dizaine de minutes, le temps qu'il fallut à Yassin pour mener à bien les négociations diplomatiques. Il fut patient avec son grand-père, tenace. Au début, l'homme très civilisé ne voulut rien entendre, secouait la tête de gauche à droite et *vice versa* : non, pas question. Mais son petit-fils

191

ne lâcha pas prise, à aucun moment. Blond dans le soleil éclatant, du haut de ses 105 centimètres il lui expliqua qu'il s'agissait d'un animal spécial, joueur au possible, qui avait le don des langues, même de l'anglais. Il ne parlait pas, certes, mais il comprenait tout. De travers, bien entendu. Pour lui : *Excuse me, sir*, signifiait : « Laisse-moi passer, mon vieux. »

— *Really ?*

— *Yes*, affirma Yassin.

Et nous vîmes Jock sourire. Nous le vîmes s'avancer vers le bourricot, lui faire une révérence digne d'une soirée mondaine.

— *Excuse me, sir !*

A la même seconde, Tarik siffla et l'âne s'ébranla.

Chapitre 2.

Ils revinrent enchantés de leur journée, fourbus. Ils mouraient pour une tasse de thé *(dying for a cup of tea)*. Saadiya avait dressé le service sur la terrasse, maintenait une casserole d'eau à l'état d'ébullition constante. L'anis chaud embaumait toute la maison, avec des relents de levain. Discutant, tournant dans tous les sens avec l'instinct inné des fourmis, aboutissant en fin de compte dans la cuisine avec la théière vide, puis avec le pot de crème et les tasses, à quatre mains ils se mirent en devoir de préparer le breuvage comme ils l'avaient toujours fait chez eux : sur le réfrigérateur. C'était à qui boirait la première gorgée. Non, ils ne se disputaient pas. Pas le moins du monde.

Gentiment, sans y attacher d'importance, Fiona saisit le plateau et les entraîna vers le petit salon. Saadiya en profita pour dépiquer le frigo et le transporter dans ses bras le plus loin possible de son domaine réservé : dans le patio, près de la porte d'entrée, là où il y avait une prise de courant. Au passage, je lui donnai un coup de main. Elle me dit qu'elle avait aéré et ensoleillé les petites affaires de mes beaux-parents. Elle les avait reniflées. Elles sentaient le renfermé, bien à l'abri dans des sacs en plastique, en tas sur le lit depuis la veille. Pour un peu, elle les aurait savonnées avec de la saponaire sur la planche à laver, au-dessus de la baignoire. Elles auraient eu le temps de sécher. Mais elle craignait de les abîmer avec ses grandes mains. Et est-ce qu'il y avait des chaises ou des fauteuils en Angleterre ? A moins que ces gens-là ne soient nés dans la position verticale ?... Jamais assis, pas un instant. Ils devaient avoir les pieds en viande hachée.

Ils étaient toujours debout, encadraient leur fille unique comme deux anges gardiens. Et ils lui racontaient. Leurs voix étaient enchevêtrées, enchaînées l'une à l'autre, deux monologues qui contenaient les mêmes mots et exprimaient souvent le même sens, mais qui s'ignoraient mutuellement. Je m'assis, la curiosité à vif. Oui, j'avais quelque peine à inventer des dialogues dans mes livres. J'étais à présent aux premières loges. Il suffisait d'écouter. Et puis, par leur truchement, je n'allais pas tarder à découvrir ma ville natale. Ils étaient frais émoulus de leur confort, leurs sensations étaient fraîches. Des témoins de rêve. Le même trottoir, de la même avenue, présentait des différences de niveau. On levait la jambe pour l'aborder, quelque trente-cinq centimètres environ. Le coupait une rue, ce qui était normal. Et, la chaussée franchie, on le retrouvait rabaissé de moitié alors que l'on ne s'y attendait pas du tout. Un peu plus loin, il disparaissait complètement. Plus de trottoir, rien. Et il réapparaissait soudain, rouge latérite cette fois, lisse, comme neuf. Quelques pas en arrière, il était dallé en gris, semé de trous et d'embûches, de bouches d'égout sans plaque, pour ne pas parler des papiers gras, des mégots et autres pelures d'orange et, Archie, vous devriez attirer l'attention des autorités locales sur les risques d'épidémie, si vous aviez vu ces nuages de mouches ! (*Je n'y manquerai pas,* dis-je.) Ils avaient dû descendre sur le macadam, à maintes reprises : étalé sur un drap, un quintal de blé se prélassait au soleil ; un mulet était attaché au réverbère, des choses sous lui ; des charrettes à bras : beignets, bols de couscous, petit-lait ; journaux et revues diverses. Connaissaient-ils la valeur de ces merveilleux chevaux, ces malappris qui les attelaient à des carrioles chargées de parpaings et de pastèques ? Et ils les fouettaient ! Des pur-sang que Jock voyait très bien au derby d'Epsom. (*J'en toucherai deux mots à la S.P.A.*) Susan demanda s'il y avait dans les environs des pressoirs d'olives, tant l'odeur de l'huile vierge était partout, suffocante. (*Pas que je sache.*) Les palmiers étaient majestueux, tels qu'ils étaient illustrés dans les dépliants de l'agence Cook, mais Fiona ma chérie, ils ne portaient pas de dattes à la cime,

195

plutôt des gousses de curry et autres épices dont les effluves tenaces la faisaient éternuer, elle avait usé un paquet de Kleenex. Et d'où sortait cette foule, colorée, pittoresque, si dense qu'on avait peine à retrouver son chemin ? Ils marchaient lentement, selon Jock, sans se presser, même si on klaxonnait dans leur dos. Curieux, non ? Il y en avait de toutes les couleurs, du noir au blanc, en costume traditionnel, en complet-veston, en pyjama, en jogging, des raquettes sous le bras, une canne à pêche sur l'épaule, tous les hommes ou presque fumaient, j'ai cru reconnaître du tabac de Virginie, on en trouve ici ? pas trop cher, j'espère ? *(Si, dis-je. Too expensive.)* Et sais-tu, ma chérie, les femmes ne sont pas voilées. Pas voilées, comme on les montre à *I.T.V.* Il y en a de très jolies, elles ont fière allure, le dos cambré, des robes de Paris, j'ai même vu deux blondes en jeans, des touristes sans doute. Mais non, elles avaient un accent guttural. Et est-ce que les conducteurs sont familiarisés quelque peu avec le code de la route, les taxis surtout ? Ont-ils le permis ? Oh ! j'allais oublier : nous avons changé des livres sterling, Dad et moi *(dix, précisa Jock)*, le directeur de la banque a demandé de vos nouvelles, Archie. Il aimerait tant vous voir, mais il a peur de vous déranger. Un homme charmant... Yassin lui a téléphoné, semble-t-il, lui disant que vous étiez en plein travail, je suis bien contente que vous... Chemin faisant et poussés par la foule, ils étaient arrivés devant les murailles ocre de la cité portugaise. Demain. Ils la visiteraient demain matin...

Les enfants rentrèrent au soir tombant, dans un concert de vocalises et de braiments. Ils chantaient à tue-tête l'une de ces mélodies dont je les avais bercés dans leur prime enfance, soir après soir :

La passion me dévore.
Je n'ai ni père ni mère ni ami
A qui confier ma tourmente.
Je n'ai que toi — et le feu de mon amour,
Li-la-li-la-la ! Li-la-li-la-la !

C'était un air très joyeux.

— Kha ! ponctuait l'animal aux longues oreilles. Hi-han ! scandait-il de toute la force de ses poumons.

Ils étaient affamés et heureux. Couleur de poussière jusqu'aux yeux.

— Ils ont refusé de grimpe᠍ dans la char rette avec nous, dit Yassin.

Tarik ajouta, très étonné .

— Il conduit pourtant bien, l'âne noir ! Pas besoin de mazout.

Ils s'étaient sustentés durant leur escapade, de place en place chez leurs copains : des crêpes avec des trous chez le boucher, des gâteaux au miel chez le marchand de cycles,

197

du maïs bouilli au Mellah, ils s'étaient partagé une galette au four public, hmmm! brûlante, un policier leur avait payé une brochette de foie à chacun. Et maintenant, en attendant le repas chaud, ils narraient la ville, *leur ville*, qu'ils n'avaient cessé de découvrir depuis qu'ils avaient quitté l'Europe.

— Je suis né à El-Jadida comme toi, hein papa? me demanda Yassin, natif de Glasgow

— Bien sûr, fiston.

— Moi aussi, affirma Tarik le Vendéen.

— Toi aussi. Naturellement.

Chapitre 3.

Au fond du jardin, dans l'ombre immense du micocoulier. Saadiya a ôté la corde à linge, le brasero, l'arrosoir, tout ce qui pouvait distraire ma vue et mon inspiration.

Un tabouret de cuisine. J'y suis assis du matin au soir. En short. Torse nu, pieds nus.

De bois. De bois blanc. Ceci est une table de bois blanc. Y sont posées deux machines à écrire. Je déplace mon siège, vais de l'une à l'autre, tape, tape... Entre les deux, une rame de papier. J'ai longuement parlé à l'inspecteur Ali, en tête à tête, d'homme à homme. Je lui ai dit en substance :

— Cette vieille machine que je traîne de pays en pays depuis des années, c'est la tienne. Elle a dactylographié plus de trente polars. Je vais en acheter une autre. Elle sera réservée aux choses sérieuses. Tu n'y touches pas. Sinon, je te tue dans mon prochain bouquin. Tu m'as bien compris ?

Rambo le photographe m'a vendu une machine a ecrire très solide Sans marque.

Sans garantie non plus. Je l'ai essayée. Je lui ai donné un chèque. Il a demandé des nouvelles de mon épouse, des enfants, de mes beaux-parents, m'a fait patienter une vingtaine de minutes dans son magasin. Le temps que son employé aille toucher mon chèque à la banque. Sur le seuil, il a brossé le revers de mon veston. De la cendre de cigarette, je crois.

Les fenêtres de la maison sont ouvertes. Il fait chaud. Saadiya a fait le grand nettoyage dans toutes les pièces, a déversé des seaux et des seaux d'eau. Mais il fait toujours aussi chaud. En conséquence, elle a ouvert toutes grandes portes et fenêtres, pour créer un semblant de courant d'air. Le téléphone sonne. Yassin répond :

— Oui ?... C'est de la part de qui ?... Je vais voir, ne quittez pas... Je regrette, je ne peux pas le déranger. Il est en plein travail.

Ou bien :

— Oui ? C'est de la part de qui ?... Très bien, merci. Et vous, monsieur Abou Reg Reg ?... Vous n'avez pas de chance, mon pauvre monsieur. Il est en train de taper, vous l'entendez ? Non-non, pas possible. Il n'accorde aucun rendez-vous. Oui, maman est là, elle se repose. Je vous la passe...

« *Lahmam lbiiiiii ! Lbid lbiiiii !* » C'est Moustapha. Sa voix est une crécelle, alors que dans la vie courante il est doté d'une basse profonde. C'est peut-être le métier qui transforme les gens. Il va d'une maison à l'autre, propose des œufs frais pondus et des pigeons vivants. L'autre jour, Susan lui a acheté un ramier. *Lovely*, *nice*, mignon, elle lui donnerait des miettes de pain, des... Moustapha a clamé : « Au nom d'Allah ! », il a déplié son rasoir et a égorgé le volatile sur le trottoir. « Tu veux que je le plume, madame ? » Susan s'est évanouie. « *Souwwab siniya ! Souwwab lberrad !* » Celui-là, c'est le rétameur, avec sa petite fiole d'acide et un bout de plomb dans la poche de sa djellaba. Il affûte les couteaux également, les ciseaux, remplit les briquets à gaz vides, cire les souliers à l'occasion. Je ne lui confierais pas un canif. Vrombit le vélomoteur du poissonnier dans un bruitage de ferraille et une fumée âcre d'huile brûlée à siccité. Tarik n'est malheureusement pas là pour le chasser, comme seul lui peut le faire :

— Va-t'en de là avec ton maquereau pourri et lave-toi le cul. Tu chlingues.

Il est avec son grand-père, à la plage ou quelque part en ville, à la terrasse du *Café royal* — à moins que ce ne soit chez Mourad, le gérant de la Maison de presse royale où l'on pouvait consulter des journaux anglais, gratuitement. Tarik a adopté Jock. Il le trouve marrant, parce qu'il « parle dans sa bouche », sans desserrer les dents.

— Je vais le dessaler, m'a-t-il dit en partant. Je l'emmène là où il faut pas.

Discontinu, insistant, coléreux, retentit le klaxon de notre voisin le pharmacien. Il vient d'arriver dans sa limousine américaine. Il possède une officine, une ferme, deux garages, des boutiques. Tranquillement installé au volant, solide et trapu, il attend que la petite bonne chlorotique descende du troisième étage de la villa d'en face et remonte jusqu'à la terrasse avec un mouton sur pied. Je lui dois une fière chandelle : grâce à lui, aucun mendiant n'ose s'aventurer dans notre rue.

Par-delà le mur mitoyen qui me fait face, d'un blanc aveuglant, me parvient le tintement allègre de bouteilles de soda que l'on place deux par deux dans des cageots. Akram, mon autre voisin, en a vidé la valeur d'une cuillerée, l'a remplacée par une solution d'ingrédients connus de lui seul. De quoi revigorer les âmes les plus moroses et redresser les défaillances de la virilité qui n'en peut mais. Akram est célèbre comme le loup blanc. Il est guérisseur, psychanalyste, sexologue surtout. Son cabinet médical ne désemplit pas. Des hommes puissants viennent le consulter des quatre coins du royaume. Il est plus jeune que moi, à peine la quarantaine. Mais il se vieillit artificiellement dans l'exercice de son art : il porte une barbe poivre et sel, des lunettes à grosse monture et une espèce de demi-masque qui lui dégarnit les trois quarts du crâne. La première fois que je l'ai vu, j'ai cru à une réincarnation de Sigmund Freud.

Je vais d'une machine à écrire à l'autre, tape, tape. Je suis en paix avec moi-même et peut-être avec ce que j'écris. Je ne me relis guère. A quoi bon ? Je pense au regretté Henry Miller, à la manière dont il avait dépassé sa vie. Je pense aussi a un ancien jeune homme partant un jour de son pays natal, sans bagages Comment s'appelait-il donc ? Les caractères voltigent sous mes doigts, cliquettent, deviennent des phrases et des pages sur le papier. Sous la table, au niveau de la machine à écrire toute neuve, s'entassent des feuilles et des feuilles roulées en boule.

De temps en temps, Yassin montre le bout de son nez, tel un Sioux. Il ne dit rien. Son regard aigu pose la même question : « Ça avance, papa ? »

Sautillant d'un pied sur l'autre, sifflotant, Tarik revint à l'heure du goûter. Le suivait à quelque distance l'âne noir. A califourchon sur le bourricot, Jock. Rouge pivoine, dépenaillé. Heureux.

Tarik ne me dit pas où il avait dessalé son grand-père. Le soir, dans la chambre d'enfants, j'entendis des voix confuses. Yassin ricanait bêtement. Tarik lui intimait l'ordre de garder le secret. « Parce que sinon, je te raconte plus rien, merde ! »

La voiture s'arrêta devant la grille, rutilante d'enjoliveurs et de chromes. En descendirent une petite rousse et une douairière imposante, le regard droit, le dos raide. Parcheminée, la lèvre supérieure striée de rides verticales. Elle avait les chevilles si fines que je me demandai vaguement comment elles pouvaient supporter tant de poids et d'autorité. Le chauffeur resta au volant. J'étais sur la véranda, en train de raser une tête de veau bien arrimée sur la balustrade. Je cherchais l'inspiration. J'avais affûté le coupe-chou sur un galet, avec de l'huile d'olive. Dans la rue, près de la poubelle, trois ou quatre gosses en loques attendaient patiemment que je leur lance une oreille du bovidé — ou peut-être un bout de langue, *incha Allah*.

Effacée, empressée, les yeux baissés, la jeune fille aida la vieille dame à grimper le perron. De marche en marche plus précis, plus allègres, tintèrent les bracelets d'or, une demi-douzaine à chaque bras. Ce qui lui restait de chevelure était relevé en un chignon haut. J'entendis des ahanements d'emphysème, des sons faibles et plaintifs, puis mon nom : « Brahim. » Je dis : « Salut ! Entrez donc. Faites comme chez vous. » Ma maison est ouverte à tout un chacun, hospitalière selon la loi du pays. Et bien des gens me connaissaient du nord au sud, dont je ne remettais pas le visage.

J'étalai un peu plus de mousse à raser au niveau des narines béantes et me remis à l'ouvrage. J'étais bien dans ma peau. L'inspecteur Ali était quelque part à La Mecque, entre les pèlerins et les hommes d'affaires munis de leur attaché-case v.i.p. Une enquête

alambiquée à laquelle il ajoutait son maqui-
gnonnage de paysan. Tarik et Yassin étaient à
la plage. Ils y avaient traîné leur grand-père,
avec sa casquette à visière, son parasol et un
tube de crème antisolaire haute protection.
De la cuisine me parvenait la voix de Susan,
telle une marée montante, ponctuée de rires
aigus. Et ce fut le silence soudain. La douairière venait sans doute de pénétrer dans le
patio. Je plongeai la tête de veau dans un
baquet d'eau salée, la nettoyai vigoureusement à l'aide d'une brosse en chiendent.
Frottée de cumin frais et piquée d'ail rose,
Saadiya la placerait tout à l'heure dans le
haut du couscoussier percé de trous.

Je fis un petit tour dans le jardin, tapai
quelques pages à toute volée. Ensuite de quoi
j'allai voir si la vieille dame s'était reposée
avant de reprendre son voyage. Bien installée
sur le divan, elle emplissait le salon, d'un mur
à l'autre, par sa seule présence. Elle buvait du
thé à la menthe, grignotait un biscuit sec,
geignait.

— Voulez-vous que j'appelle un médecin ?
dis-je.

Elle souffla, le regard acéré. Fiona était en
face d'elle, à laquelle elle n'accordait pas un
regard, pas un mot. Pas plus qu'à la petite
rousse qui lui épongeait le front avec un fin
mouchoir en soie, lui massait délicatement les
chevilles. Je la voyais à travers un brouillard.
Je me rendais bien compte que c'était à moi
qu'elle s'adressait, mais je l'écoutais à peine.

Mon attention était flottante. J'avais beau la ramener vers l'instant présent : constamment, elle prenait la poudre d'escampette et se retrouvait dans les lieux saints de l'islam, avec l'inénarrable inspecteur Ali. Malgré tout, des bribes de phrases décousues atteignaient mon cerveau. Elle avait suivi mon périple à travers le royaume, dans les journaux et à la télévision... et pourquoi n'avais-je pas assisté à la cérémonie de la petite culotte, le lendemain des noces : oui, à vingt-neuf ans, Karima était encore comme il faut, vierge. Son époux était content d'elle et de son innocence, un ingénieur de bonne famille... (« Assieds-toi, chéri », disait Fiona gentiment. « Où est la râpe ? » demandait Susan...) Elle était allée en pèlerinage à La Mecque, six fois déjà grâce à Dieu, mais écoute, Brahim : j'aimerais tant y aller de nouveau, il me faudrait juste le prix du voyage et du séjour, quelque chose comme 20 000 dirhams, je prierai sur toi, devant la Kaaba.

Je ne m'éveillai pas tout à fait. Je dis :

— Non, madame. Je ne suis pas encore mort.

Elle se leva et sortit. Le moteur se fit à peine entendre. C'était une voiture américaine.

— Qui est-ce ? me demanda Fiona.

— Je n'en sais strictement rien.

Je dus faire un rêve affreux cette nuit-là. Mais lequel ?

Dans les jours qui suivirent, Susan se présenta dans les règles à Mouhammad l'épicier *(I'm Mrs. Orourke's mother, Archie's mother-in-law... Brahim, yes : it's the same thing),* au marchand de beignets, à la petite dame frileuse hiver comme été qui vendait des olives piquantes près de la fontaine publique (si piquantes qu'on n'avait qu'un pas à faire pour se rincer la bouche à l'eau fraîche), au boucher, au receveur des P.T.T., au commissaire Malih, à l'ex-époux de Saadiya que je n'avais jamais vu et auquel elle vanta les qualités de notre bonne : solide au poste, franche, la langue pendue à vrai dire, soigneuse, aimant les enfants, un peu trop remuante à son goût et comment avait-il eu la stupidité de la répudier ? Personne n'avait donné de mot d'introduction à ma belle-mère. Pas moi en tout cas. Ou alors je ne m'en souvenais plus. A tous elle confia dans le plus grand secret que sa fille attendait un enfant d'un jour à l'autre et que son gendre était d'une humeur de dogue. Forcément, il travaillait dès l'aube et ne se couchait qu'à la nuit tombée. Et il fumait comme une locomotive, toussait à rendre l'âme. Le bruit infernal de ses *deux* machines à écrire l'empêchait de bavarder en toute quiétude avec Fiona. Bottée à hauts talons martelants, poudrée, son sac rose bonbon sous le bras, elle alla dénicher le Dr Lahlou jusque chez lui. Oui, l'enfant se présentait bien. Sa délivrance à elle avait été si longue, si pénible, voici trente-trois ans. Elle tenait à assister à l'accouchement de sa fille, avez-vous l'équipe qu'il faut ? Merci, docteur, elle va très bien, mais elle a perdu la ligne. Son mari ne lui cause guère et est-il possible de passer une journée entière sans parler à quiconque ? Elle se lia d'amitié avec n'importe qui : des voisins, un Libyen, un indicateur de police, un physicien atomiste qui avait fait ses études au Massachussetts Institute, deux peintres en bâtiment, un réparateur de vélos, une gamine qui cherchait sa maman au souk. A l'exception du ressortissant de la Jamahiriya et du monsieur distingué et diplômé qui passait quelques jours de vacances au Maroc en compagnie d'une Suédoise du Bronx (elle s'appelait Ilke), ces amis de la première rencontre ignoraient l'existence de la langue française, de l'anglais encore plus. Mais elle et eux se comprenaient si bien. Un après-midi, je la vis pénétrer dans la maison bras dessus, bras dessous en compagnie du muezzin du quartier (celui auquel je graissais la patte), un ancien travailleur immigré en France et en Belgique, o.s., délégué syndical, qui était rentré au pays à la recherche de ses sources islamiques. « Ah ! vous êtes protestante ? Nous aussi on proteste. On a pas arrêté de protester depuis l'époque du Prophète. »

Contrairement à son habitude, l'inspecteur Ali avait placé l'histoire drôle à la fin de son enquête. Je fis claquer mes phalanges, soufflai sur le bout de mes doigts endoloris.

C'est un écrivain arabe, la cinquantaine. Six mois après avoir envoyé son manuscrit, il se décide à aller aux nouvelles. Le P.-D.G. des Saudi Press Inc. le reçoit avec des salamalecs, environné de visiotéléphones, de mini-ordinateurs et autres bonnes choses de la vie made in Japan. Et il lui dit :

— Quel est votre nom déjà ?

— Mohammed.

— Ah oui ! Eh bien, mon cher Mohammed, le comité de lecture a pris connaissance de votre manuscrit. Vous avez de la patte, c'est sûr. Certains passages sont poétiques, voire lyriques. Et puis, brusquement, nous tombons dans des préceptes moraux, sociaux, ça nuit au déroulement du récit. Tel qu'il se présente, je crains fort que votre livre ne se vende pas. Nous sommes au xxᵉ siècle, mon cher. Vous ne pourriez pas le remanier un peu, de fond en comble, avec l'aide bien entendu de nos rewriters ? Et quel titre lui donnez-vous ?

— Le Coran, *dit Mohammed.*

L'inspecteur Ali partit d'un immense éclat de rire. Il se tenait les côtes, il en pleurait. Il s'essuya les yeux avec son grand mouchoir à carreaux et regarda le parterre de policiers saoudiens. Aucun d'eux ne s'était associé à sa gaieté.

— Tiens donc ! se dit-il. Ils sont constipés, ces mecs.

Eu égard aux brillants résultats qu'il venait d'obtenir dans la solution de l'énigme, on ne le jeta pas en prison. On le conduisit sans ménagement à l'aéroport de Riyad et on l'embarqua dans le premier avion en partance.

FIN

Je me relus en diagonale, très vite. Je scellai l'enveloppe et filai à la poste. Envoi ordinaire au tarif lettre, le plus sûr, le plus rapide. En exprès, l'acheminement du courrier mettait deux fois plus de temps, va savoir pourquoi. Quant à l'affranchissement en recommandé, ha ! Le guichetier m'aurait demandé de décacheter l'enveloppe, comme l'exigeait le Règlement, afin de prendre connaissance du contenu, page par page, verso et recto : et si par hasard, par mégarde, il se serait glissé un chèque ou des billets de banque ou je ne sais quel tract subversif entre les feuillets, hein, petit malin ? Les petits malins avaient depuis longtemps contourné l'obstacle. Leurs plis étaient des plus ordinaires, sans mention d'expéditeur

Chapitre 4.

J'étais enfin débarrassé de l'inspecteur Ali.
Pourvu que l'avion qui le transportait explose
en vol — ou, à tout le moins, qu'il soit
détourné par des terroristes ! Je voyais très
bien ce type pris en otage, et lui seul (les
autres passagers ne m'avaient rien fait). Non,
cent fois non ! je ne lèverais pas le petit doigt
pour intervenir en sa faveur. Qu'il se libère
donc tout seul, s'il le peut ! C'était son métier,
flic.

J'ai toujours aimé les personnages nés de
mon imagination, tous, même les assassins.
Chacun à sa manière avait en lui ce petit grain
de sable qui faisait dérailler l'existence et les
systèmes. Mais cet innommable ouistiti prenait trop de place, avait fini par infléchir ma
nature. Il allumait cigarette sur cigarette. Et
je l'avais imité. Il avait une bronchite chroni-
que. Moi aussi. J'avais adopté son langage
d'ânier. C'était lui qui pensait — et non plus
moi, l'auteur. Qui agissait en mon nom. Pour
un peu, il eût discuté contrat et droit annexes

avec mon éditeur. *Ah non! pas de « passes »,
c'est du vol.* Je traçais le plan d'une intrigue et
il prenait aussitôt la tangente, un chemin de
traverse, en direction d'un tout autre récit.
Pas une fois je n'avais cessé de lutter contre
lui. A quoi bon ? Il me guidait.

Bien sûr, il rigolait avec ses grandes dents à
tout propos, tout comme moi. Dès qu'il appa-
raissait à la première page d'un polar, la rate
ne pouvait s'empêcher de se dilater et le foie
de se gorger. Il avait l'air si jobard, si inoffen-
sif, quelconque. Le contraire d'un Rambo,
l'anti-héros par excellence. Lors de sa sixième
ou septième enquête, il était entré en djellaba
au Parlement de Stockholm, s'était mouché
avec ses doigts, et il avait lancé joyeusement :
*Alors on assassine le premier ministre sans ma
permission ?* Bien sûr, les droits d'auteur qu'il
me rapportait nous faisaient vivre dans
l'abondance, ma famille et moi. Dès que je
l'abandonnais, tarissait la source de l'argent.
Je venais d'en faire l'expérience. Et puis,
c'était à lui que je devais la célébrité, le
respect pour ma personne humaine. Mais il
commençait à être exigeant. Il s'insinuait
souvent dans ma vie privée. Il me soufflait par
exemple : *Embête Jock! Coince-le. Juste pour
voir Allez, chiche!* Et je lui obéissais comme
un idiot

Je me rappellerais toujours cette nuit de
noces à Skye, dans les îles Hebrides. Au
moment le plus pathétique, l'inspecteur Ali
avait clamé dans mon crâne . « Et si tu

laissais ta femme comme ça, affamée ? Hein, mon vieux ? »

— Qu'est-ce qu'il y a, *my love* ? m'avait demandé Fiona, très inquiète. Pourquoi tu te contorsionnes sur la carpette ? Tu es malade ?

— Ce n'est rien, chérie. Ça va passer dans une minute.

Des années plus tard, il était encore parmi nous. Je l'avais laissé dans le vieux Crest, près de la tour, et nous étions partis en catimini. Mais il avait retrouvé ma trace, jusqu'à El-Jadida. Il s'était reposé quelque peu, puis il avait réclamé sa pâture de papier. Repu à satiété, il avait réclamé le dessert...

Le quatrième brouillon du *Second Passé simple* ne s'était guère étoffé. A peine vingt-trois pages. Je l'ouvris au hasard. Et je lus ceci, textuellement :

Par la nuit tandis qu'elle agonise de l'Occident à l'Occident,

Par les étoiles, éclats de diamant dans le ciel, qui vacillent et s'éteignent,

L'inspecteur Ali consulta sa montre à quartz.

Par la brise venue de la mer Rouge qui souffle la voie lactée, telle une myriade de cierges, de son souffle rauque et chaud,

Assis sur ses talons, il déballa un sandwich au jambon.

Par l'aube qui ruisselle aux quatre horizons en un étincelant fleuve de lait,

Par l'astre du jour, couleur de sang naissant, tandis qu'il incendie la ville de Yathrib, l'inspec-

213

teur Ali dit tout à coup : « C'est pas bon, ça vaut rien. »

Ce type ! Si je l'avais maintenu en vie jusqu'à présent, c'est parce que les enfants l'adoraient. Tarik surtout, qui le considérait comme le prince charmant.

Mon éditeur se rappela à mon bon souvenir quelques jours plus tard par un coup de téléphone à deux heures du matin.

— Allô, B. ? Michelson à l'appareil. Bravo, cher ami, et mille fois merci. Vous permettez que je vous tutoie ? Tu as traîné des mois et des mois, mais le résultat est là, magnifique. Magnifique. Priscille a failli avoir une attaque. Oui, il est à la fabrication. On sort un premier tirage de 100 000. C'est la première fois que tu traites du problème de l'islam dans ce qu'il a de plus délirant, et à La Mecque qui plus est ! Tous les fachos, tous les ignares vont se précipiter sur ce bouquin. C'est un nouveau créneau que je vais exploiter à fond, crois-moi. Puisque le public en redemande. Jenkins ne se tient plus de joie. Il m'a appelé de Londres. Son équipe est à pied d'œuvre. Il s'est saoulé la gueule, si tu permets cette expression. Et, mon cher B., la presse est avec toi, enfin. Les journalistes t'attendent, à droite comme à gauche. Ils vont mettre le paquet. Tu rentres bientôt ? Combien veux-tu comme avance sur droits ?

Je citai un montant effarant et il fut d'accord. J'étais fou furieux.

Je pris une semaine de congé. Congé de la littérature et de mon propre personnage. Je vidai mon cerveau, à volonté, disjonctai le temps. Plus d'impératifs. J'entrais comme dans un restaurant, dormais comme dans un hôtel, sortais comme d'un foundouk — une vaste villa aux murs épais où quelqu'un chantait à tue-tête à n'importe quelle heure du jour ou de la nuit. Moi.

On m'apprit que Jock avait emmené les enfants en voyage à Tanger. A moins que ce ne fût à Taroudant ? Il était en de bonnes mains en tout cas. Fiona avait donné les coups de téléphone nécessaires, avait tout organisé. Parfois, lors de mes apparitions impromptues, elle me serrait dans ses bras, de trois quarts à cause de son ventre. J'aimais énormément ses yeux. Elle m'embrassait, répétait les mêmes mots : « Ne t'inquiète pas. Tu as toute la vie devant toi. » De quoi parlait-elle ? Susan se trouvait toujours sur mon chemin, immanquablement, même dans l'obscurité. Oui, elle assumait la marche de la maisonnée, mais avait-elle besoin de me le dire ? Je ne devais me préoccuper de rien, n'est-ce pas, Archie ? Je me retournais, regardais derrière moi : qui était Archie ? Elle était très agitée, manquait de sommeil. Une seule personne m'évitait : Saadiya.

Je passais le plus clair de mon temps avec les petites gens du peuple. J'évitais soigneusement les lettrés, les intellectuels de la loi religieuse qui abondaient en nombre et en mots. Non! je n'avais que faire du Coran et des hadiths. Je les avais lus et relus au cours des ans, appris par cœur. Ce n'était que de l'écrit et j'étais à la recherche de la parole. Je m'asseyais parmi les analphabètes, à leur écoute. Eux et eux seuls, puisqu'ils ne liraient jamais *Le Second Passé simple,* si toutefois je le terminais un jour. Comment ces portefaix, ces besogneux à la sauvette, ces mendiants vivaient-ils leur foi en guenilles et le ventre troué de faim en cette fin du XXe siècle? Ni eux ni moi ne mettions leur croyance en doute, non plus que leur endurance et leur patience. Ils étaient bruts et confiants dans la destinée, à l'instar de ces cavaliers d'Allah que leur ignorance même avait fait triompher de nations organisées, chargées de savoir et de culture. Leur langue était vivante au-delà de l'expression, dans la narration du moindre incident de l'existence, plus imagée qu'un film historique en technicolor et, partant, comment imaginaient-ils leur lointain ancêtre, un homme nommé Mohammed? Si j'avais quelque chose à apprendre, c'était d'eux, dans leur nudité.

J'avais toujours été très conscient depuis le début de ma carrière, très lucide. N'avais-je pas écrit mon premier roman policier dans un état d'ébriété le plus total, par défi surtout, par dérision, en lutte contre moi-même ? J'avais joué le jeu à plein et gagné beaucoup d'argent, la gloire. J'étais le roi du kiosque. Le droit commun régit la vie. Vingt-cinq ans durant, en Europe comme en Amérique, j'avais été l'invité permanent des crooners, des footballeurs et autres occupants du devant de la scène au nom de la culture. On sollicitait ma signature pour les droits de l'homme, pour l'Arménie, la Palestine, et je la monnayais grassement. Il fallait bien vivre.

Entre ces gens du peuple et moi il y eut des palabres passionnées, granitiques. Non, non ! protestai-je paisiblement, avec mon cartésianisme tenace. Pas le Prophète, si chargé de qualités qu'il s'en est trouvé désincarné le long des siècles. Parlez-moi de l'homme qu'il avait été avant la Révélation, fait de chair et de sang comme vous, illettré comme vous. Comment vous le représentez-vous ? Je ne veux ni mythe ni légende. Uniquement la réalité, concrète. On m'injuria, je blasphémais, j'étais un provocateur, un mécréant, le seul sceptique de ce pays au nom de la raison, on ne pouvait pas ramener un être aussi exceptionnel à notre niveau. Et peu importait leur misère !

Ce fut dans un four public qu'un inspecteur de police me trouva, environné d'invectives et de poings menaçants. Il arriva au pas de course, ta femme est à l'hôpital, maître, j'ai frété un taxi, vite ! allez, grimpe !

Accroupie sur ses talons dans le couloir face à la salle de travail, Saadiya et ses Gnaoua prêts à entrer en action. Devant elle, une jarre de lait et un immense plateau en osier chargé d'offrandes : dattes, nèfles, figues, oranges. En djellaba, le Dr Lahlou mettait en marche un lecteur de cassettes, réglait la tonalité, disait sur le ton de la conversation :

— Ça va être un beau bébé, madame. Un garçon. Faites confiance à votre corps, la douleur n'existe que dans la pensée. Fermez les yeux, madame, et écoutez votre ventre, écoutez cette voix. *Regardez-la.* C'est la sourate de la Lumière. Tout est lumière, hormis nos certitudes.

Un sourire flottait sur le visage de Fiona comme une ombre d'oiseau sur la terre. Et en même temps l'inconnaissable jouissance : celle qui, issue de sa matrice, dans un instant allait transformer toute douleur en une joie animale. La jouissance de la création. « *Un olivier qui n'est ni d'Orient ni d'Occident,* clamait la voix. *Lumière sur lumière !* » C'était la première fois que j'assistais à un accouchement, mais j'en avais décrit un minutieusement dans l'un de mes polars. Je vis l'enfant sortir tête la première, les poings fermés comme s'il étreignait le monde, le possédait, un garçon. Et, simultanément, je vis ma mère. Je la reconnus enfin. Elle était venue me rendre visite, m'avait appelé par mon nom, m'avait demandé de l'argent pour aller prier sur moi à La Mecque. Remonta soudain dans ma mémoire tout mon vieux passé, net, clair, aveuglant dans les moindres détails — ce passé que j'avais enfoui si profondément en moi.

Conçu au Maroc,
écrit en France.

DU MÊME AUTEUR

Aux Éditions Denoël

LE PASSÉ SIMPLE, *roman* (« Folio », n° 1728).

LES BOUCS, *roman* (« Folio », n° 2072).

DE TOUS LES HORIZONS, *récits*.

L'ÂNE, *roman*.

SUCCESSION OUVERTE, *roman* (« Folio », n° 1136).

LA FOULE, *roman*.

UN AMI VIENDRA VOUS VOIR, *roman*.

LA CIVILISATION, MA MÈRE !..., *roman* (« Folio », n° 1902 ;
  « Folioplus classiques », n° 165).

MORT AU CANADA, *roman*.

L'INSPECTEUR ALI, *roman* (« Folio », n° 2518).

UNE PLACE AU SOLEIL, *roman*.

L'INSPECTEUR ALI ET LA C.I.A., *roman*.

VU, LU, ENTENDU, *mémoires* (« Folio », n° 3478).

LE MONDE À CÔTÉ, *roman* (« Folio », n° 3836).

L'HOMME QUI VENAIT DU PASSÉ, *roman* (« Folio », n° 4341).

L'HOMME DU LIVRE, *roman*.

Aux Éditions du Seuil

UNE ENQUÊTE AU PAYS, *roman* (« Points/Seuil »).

LA MÈRE DU PRINTEMPS, *roman* (« Points/Seuil »).

NAISSANCE À L'AUBE, *roman* (« Points/Seuil »).

Impression Maury-Imprimeur
45330 Malesherbes
le 15 juin 2015.
Dépôt légal : juin 2015.
1ᵉʳ dépôt légal dans la collection : septembre 1993.
Numéro d'imprimeur : 198638.

ISBN 978-2-07-038810-3. / Imprimé en France.

289976